文心集

台灣作家全集

短篇小說卷

台灣作家全集

短篇小說卷

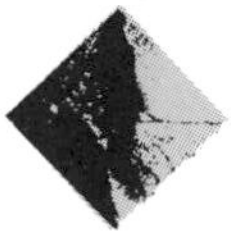

右上　一九五〇年文心二十歲留影
右下　一九六〇年文心三十歲留影
左下　寫作時的文心

文心攝於野柳

一九六四年文心全家福

上　一九七〇年文心全家遊野柳時留影
左下　文心伉儷
右下　家居時的文心

一九八三年五月，文心與文友合影（右起林海音、鄭清文、文心、隱地）

文心與文友聚會合影

文心

文心手跡

事實上，一個藝術家祇需要忠於自己的藝術良心和信仰，他就是一個有價值的藝術家。

詩人和藝術家都有「設身處地」和「體物入微」的本領。他們在描寫一個人時，就要鑽進那個人的心孔，在霎時間就要變成那個人，親自享受他的生命，領略他的情感，所以我們讀他們的作品時，覺得它深中情理，在這種心靈感通中我們可以見出宇宙生命的和諧一貫。詩人和藝術家的心就是一個小小宇宙。

出版說明

《臺灣作家全集》是臺灣新文學運動以來最有意義的選輯，也是臺灣文學出版上最具示範的創舉。全集係以短篇小說爲主體，以作家個人爲單位，涵蓋一九二〇年至九〇年代的重要作家，縫合戰前與戰後的歷史斷層，有系統地呈現了現代文學史上臺灣作家的精神面貌。

在內容上，包括日據時代，由張恆豪編選；戰後第一代，由彭瑞金編選；戰後第二代，由林瑞明、陳萬益編選；戰後第三代，由施淑、高天生編選。全集計劃出版五十册，後每隔三年或五年，續有增編，一人以一册爲原則，戰前部分則因篇幅不足，有二人或三人合爲一集。

在體例上，每册前由召集人鍾肇政撰述總序（文長兩萬字，首册爲全文，其它則爲濃縮），精扼鉤畫出臺灣新文學發展的歷程、脈絡與精神；並由各集編選人執筆序言，簡要介紹作家生平及作品特色；正文之後，則附有研析性質的作家論，及作家生平寫作年表、小說評論引得，期能提供讀者參考。臺灣面臨歷史的轉捩點，瞻前顧往之際，本社誠摯希望能對臺灣文學的出版、推廣、教育及研究上有所貢獻。

台灣作家全集

短篇小說卷

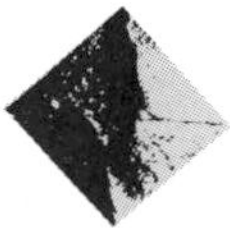

緒言

鍾肇政

時代的巨輪轟然輾過了八十年代，迎來了嶄新的另一個年代——九十年代。
發軔於二十年代的台灣文學，至此也在時代潮流的沖激下，進入了一個極可能不同於以往的文學年代。

然則這九十年代的台灣文學，究竟會是怎樣的一種文學？

在試圖回答這個問題之前，我們似乎更應該先問問：台灣文學又是怎樣一種文學？

曰：台灣文學是台灣本土的文學、台灣人的文學。

曰：台灣文學是世界文學的一支。

倘就歷史層面予以考察，則台灣文學是「後進」的文學；比諸先進國的文學，即使是近鄰如日本，她的萌芽時期亦屬瞠乎其後，比諸中國五四後之有新文學，亦略遲數年。

只因是後進的，故而自然而然承襲了先進的餘緒，歐美諸國文學的影響固毋論矣，即日本文學、中國文學等也給她帶來了諸多影響。易言之，先天上她就具備了多種特色集於一身，因而可能成爲人類文學裏新穎而富特色的一支——當然這種說法恐難免落入過分單純化機械化的發展論，未必完全接近實際情形。事實上，一種藝術的發芽與成長，土地本身的人文條件與夫時代社經政治等的變易更動，在在可能促進或阻礙她的發展。證諸七十年來台灣文學的成長過程，堪稱充滿血淚，一路在荊棘與險阻的路途上踽踽而行，備嘗艱辛。

職是之故，若就其內涵以言，台灣文學是血淚的文學，是民族掙扎的文學。四百年台灣史，是台灣居民被迫虐的歷史。隨著不同的統治者不同的統治，歷史上每一個不同階段雖然也都有過不同的社會樣相與居民的不同生活情形，而統治者之剝削欺凌則始終如一。七十年台灣文學發展軌跡，時間上雖然不算多麼長，展現出來的自然也不外是被迫虐被欺凌者的心靈呼喊之連續。

台灣文學創建伊始之際，我們看到台灣文學之父賴和以文學做爲抗爭手段之一的筆跡。他反抗日閥強權，他也向台灣人民的落伍、封建、愚昧宣戰。他身體力行，諸凡當時的抗日社團如文化協會、民衆黨和其後的新文協等，以及它們的種種活動，他幾乎是每役必與，並驅其如椽之筆發而爲〈一桿稱子〉、〈不如意的過年〉、〈善訟的人的故事〉等小說與〈覺悟下的犧牲〉、〈南國哀歌〉等詩篇，爲台灣文學開創了一片天空，樹立了不朽典範。

中期，我們又有幸目睹了台灣文學巨人吳濁流之出現。第二次世界大戰進入最慘烈階段之際，在日本憲警虎視眈眈下，吳氏冒死寫下《亞細亞的孤兒》，戰後更在外來政權戒嚴體制的獨裁統治下，他復以《無花果》、《台灣連翹》等長篇突破了統治者最大的禁忌。他不但爲台灣文學建構了巍峨高峰，還創辦《台灣文藝》雜誌，創設台灣第一個文學獎「吳濁流文學獎」，培養、獎掖後進，傾注了其後半生心血，成爲台灣文學的中流砥柱。

七十星霜的台灣文學史上，傑出作家爲數不少，尤其在時代的轉折點上，每見引領風騷的人物出現，各各留下可觀作品。此處暫不擬再列舉大名，但我們都知道，在統治者鐵蹄下，其中尙不乏以筆賈禍而身繫囹圄，備嘗鐵窗之苦者，甚或在二二八悲劇裏飲恨以終者。以所驅用的文學工具言，有台灣話文、白話文、日文、中文等等不一而足，蔚爲世界文壇上罕見奇觀，此殆亦爲台灣文學之一特色。日據時，曾有「外地文學」之稱，輓近亦有人以「邊疆文學」視之，唯她既立足本土，不論使用工具爲何，其爲台灣文學則無庸否定，且始終如一。

不錯，七十年來她的轉折多矣。其中還甚至有兩度陷入完全斷絕的眞空期，其一爲戰爭末期所謂「決戰下的台灣文學」乃至「皇民文學」的年代，以及戰後二二八之後迄國府遷台實施恐怖統治、必需俟「戰後第一代」作家掙扎著試圖以「中文」驅筆創作、接續斷層爲止的年代。一言以蔽之，台灣文學本身的步履一直都是顚躓的、蹣跚的。到了七十年代，鄉土之呼聲漸起，雖有鄉土文學論戰的壓抑，反倒造成台灣文學的欣欣向榮，入了八十年代，鄉土文學不僅成爲文壇主流，益以美麗島軍法大審之激盪，衝破文學禁忌成了不可遏止之勢，於是有覺醒後之政治文學大批出籠，使台灣文學的風貌又有了一變。

八十年代已矣。在年代與年代接續更替之際，正如若干年來每屆歲尾年始，報章上總會出現不少檢討與前瞻的論評文學，也一如往例悲觀與樂觀並陳，絕望與期許互見。有一明顯的跡象是嚴肅的台灣文學，讀者一直都極少極少，在八十年代末期的消費社會、資訊多元化社會以及功利主義社會裏，文學的商品化及大衆化傾向已是莫之能禦的趨勢，於是當市場裏正如某些論者所指摘，充斥著通俗文學、輕薄文學一類作品，純正的文學乃又一次陷入危殆裏。

然而我們也欣幸地看到，八十年代末尾的一九八九年裏民主潮流驟起，舉世爲之震動。繼六四天安門事件被血腥彈壓之後，卻有東歐的改革之風席捲諸多社會主義共產國家，連蘇聯竟也大地撼動，專制統治漸見趨於鬆動的跡象。(草此文之際，世人均看到蘇俄首任總統終告產生。）這該也是樂觀論者之所以樂觀之憑藉吧。

不錯，新的人類世界確已隨九十年代以俱來。即令不是樂觀者，不免也會睜大眼睛看著世局之演變並對它有所期待才是。而九十年代台灣文學，自然也已是呼之欲出！君不見繼八九年年尾大選、國民黨挫敗之後，台灣的民主又向前跨了一步，即令有第八任總統選舉的權力鬥爭以及國大代表之挾選票以自重、肆意敲詐勒索等醜劇相繼上演於國人眼睜睜的視野裏，但其爲獨大而專權了數十年之久的國民黨眞正改革前的垂死掙扎，彰彰在吾人耳目。

在九十年代台灣文學即將展現於二千萬國人眼前之際，《台灣作家全集》（以下稱「本全集」）的問世是有其重大意義的。過去我們已看到幾種類似的集體展示，計有《日據下台灣新文學》（明集，共五卷，明潭出版社，一九七九年三月）、《光復前台灣文學全集》（八卷，後再追加四卷，遠景出版社，一九七九年七月）、《本省籍作家作品選集》（十卷，文壇社，一九六五年十月）、《台灣省青年文學叢書》（十卷，幼獅書店，一九六五年十月）等四種。無獨有偶，前兩者均爲戰前台灣文學，後兩者則爲清一色戰後台灣作家作品。而其中，除最後一種爲個人結集之外，餘皆爲多人合集。値得一提的是後兩者出版時，白色恐怖仍在餘燼未熄之際，前兩者則是鄉土文學論戰戰火甫戢、鄉土文學普遍受到肯定之後，因此可以說各各盡了其時代使命。

本全集可以說是集以上四種叢書之大成者。其一，是時間上貫穿台灣新文學發軔到晚近的全局；其二，是選有代表性作家，每家一卷，因而總數達數十卷之鉅，堪稱自有台灣新文學以來之創舉。是對血漬斑斑的台灣文學之路途上，披荆斬棘，蹣跚走過的前輩們，以及現今仍在孜孜矻矻舉其沉重步伐奮勇前進的當代作家們之獻禮，也是對關心本土文學發展的廣大海內外讀者們的最大禮物。

（註：本文爲《台灣作家全集》〈總序〉的緒言，全文請看《賴和集》和《別冊》。）

目錄

替人生塡補闕漏
——文心集序

彭瑞金

一九五七年，一份在本土文學史上象徵意義遠超過具體實質、啓示性凌越創作成就的文學刊物——《文友通訊》誕生了，這份自限爲文友間互通創作訊息的油印刊物，象徵戰後本土作家對創作自主性意識的萌芽，開啓本土文學發展的可能，乃是研究臺灣文學彌足珍貴的一項文獻。鍾肇政是通訊的發起人，開始時，一共集合了七位本土作家，依年齡排列，出生於一九〇七年的陳火泉最長，出生於一九三〇年的文心是七人中最年輕的一位。

《文友通訊》上的資料說明，文心躋身戰後第一代臺灣作家之林，是戰後克服中文創作困難最快最年輕的作家。文心一九五二年即開始寫作、發表作品，並以〈命運的征服〉、〈古書店〉、〈諸羅城之戀〉等作品得獎，享譽文壇。創作涵括詩、散文、小說和電視廣播劇本。一九六七年《臺灣文藝》創辦初期，文心曾是中堅的一員，其後，興趣轉注於電視劇本的寫作及兒童文學之迻譯，小說創作反而譜下了休止符。

文心的小說創作，絕大部分都完成於六〇年代（一九六二年）以前，分別集結在《千歲檜》及《生死戀》兩本中短篇集中，三十餘篇短篇及一九六五年完成的長篇〈泥路〉，即是他全部小說創作的成績了。六〇年代之後，創作興趣廣泛的文心將創作重心轉移到電視劇本的編撰，有不少作品是改編自自己的小說，劇本創作亦多取材臺灣的歷史和草根故事，堪稱戰後第一代臺灣小說家中，贏得電視劇界一席之地僅有的一位；不過，一九八七年以心臟病猝逝前，文心頗有意回頭再寫小說，可惜並未成篇。

一直任職於金融界的文心，要不是太早從小說創作界抽身，恐怕將不讓同是第一代有得獎專家美譽的鍾肇政專美於前。文心的小說，得獎連連，在他小說創作的鼎盛階段，幾乎所有的徵文比賽無役不與，而且都有斬獲，因此從徵文似乎也可以窺探到文心作品風格的一些隱微，〈生死戀〉、〈古書店〉、〈祖父的故事〉、〈諸羅城之戀〉等得獎之作，都是具有揄揚人生至情至性的溫馨勵志主題的作品。做爲一個金融業公務員的業餘作家而言，文心具有謹愼、細密的文學性格之外，還多了一層格外的負責任的寫作觀，對人負責，對衆生負責，對自己的良知負責，因此，在不失文學作品應有的幽默、詼諧、諷刺之餘，對人性人心尋幽探微的毅力和認眞，使得他的小說對人性的刻畫，往往不用呼天搶地的驚歎號便緊扣深契人心，文心的小說刻畫探索人心人性的深刻、細膩上，堪稱第一代臺灣作家中的翹楚，他的文學沒有載道的口號，却負起了最負責任的載道文學職守。

在第一號的《文友通訊》上，文心以爲提高文學水準，到達世界文學的領域，是當時臺灣文學最重要的課題，將文心重視文學的文學性格顯示無遺，文心的文字樸實、嚴謹，與後來的鄭清文頗爲神似，頗有一字都不肯輕易浪費的自制，只是文心的文字較爲滑潤而已。文心小說正面的人間溫暖情愛的肯定，和極端自制的文字，可能是使得他的作品成爲翻譯家迻譯成外文的最愛。〈生死戀〉等多篇作品，先後被迻譯成英、日文發表。

〈命運的起點〉，文心自謂是篇自傳體小說，其實文心的每一篇作品都有他以顯微切割的身世故事細胞繁殖的影像存在，他曾經說：「我寫作的動機，是由於我必須寫作，此外，也許是因爲我身上的一個缺陷，必須要有一種東西來彌補。於是我寫、寫，拚命地寫，『墨水寫乾了，蘸上眼淚再寫』……」寫作幫他克服了缺陷，步入新生活，因此這種艱苦奮鬥的精神便成了他作品中的骨幹、棟樑，文心說：「使我精神飽滿的，是寫作；使我靈魂美化的，是寫作；使我留下這條命的，也是寫作。」細心的讀者或許很容易從文心的所有作品裏找到這種黽勉人面對艱苦人生奮鬥不懈的信念，也因而懷著無限感恩的心情，美化人的靈魂的善意，成爲他作品無處不在的影像。

〈生死戀〉中拄著拐杖結婚的新娘，〈棄嬰記〉裏十一個孩子的父母，〈年輕的叛徒〉裏執意求學的窮人家子弟，〈出路〉裏的上班族……，都可以看到文心人格的投射，象徵他對生命的某種自信和心得。文心擅長於描寫感情，〈生死戀〉、〈海祭〉、〈古書店〉寫愛情，有年輕人的愛情，有老人的黃昏之戀，更有永世不渝的生死戀；〈媽媽的雨鞋〉、〈怒張的太陽〉、〈祖父的故事〉、〈棄嬰記〉、〈父子情〉……寫親情，有溫馨、有憤怒、也有無奈，巧妙地呈示了人情世相的千姿百態，也證明文心擁有探索人生的玲瓏身手。其實〈諸羅城之戀〉這篇文心最早的作品，已經展露了他描寫情感探觸人性的不凡才華。兩個三輪車夫間，由貪圖多賺一趟車資默禱對方繼續沉睡錯失載客機會，到對方慷慨相讓，固然把「阿狗」的貪婪心襯得十分鄙陋，作者却也用了最高尚的方式教育了「阿狗」。讓出載客機會的「阿萬」把尋親不遇又被扒走錢包的陌生老婦接回家招待食宿，擱下營生，協助尋訪親人，第二天還買車票送旅費給這不速之客。花掉一半的積蓄，也引發一場夫妻情感漣漪，却爲人間散佈了一道最溫暖的亮光。文心在這篇作品裏刻畫了一幅最動人的心靈風景，也奠定了他作品的風格。

文心的作品雖然習慣把陽光、溫情與愛散佈在人間，但他不講大道理，不講空話，因此，他的作品鮮少及於大時代環境空間的變動。他寫人，刻畫人的心靈，因此無論是知識份子抑或市井人物，在文心的筆下都一視同仁，他並不在意他們的身分、出身符號，他只寫他們的心，也只肯定他們向善向美的一面，神話女媧鍊石補天，文心寫作志在爲人生塡補闕漏，因此，文心的小說永遠溫馨感人，是第一代臺灣小說家中獨特的一景。

生死戀

一

沿街的商鋪已經打烊。晚來的風，遽然而止。遠遠的，聽見賣「肉圓」的叫聲。

「來碗肉圓好嗎？」我自言自語地說。

「就來兩碗吧。」我的耳畔彷彿響起阿海甜脆的聲音：「孩子呢？」

「早睡著了。」

「要不要叫醒他？」

「哦，不要。讓他去做他的美夢吧！」

白天勞作後，我這樣倚窗坐著，感到無比的溫馨。夜有許多值得回憶的事。我這麼輕輕一招手，阿海便應聲走到我身邊來。他領著我走，走過那段黑漆漆的甬道，走過廟邊那個狹窄的獨木橋，他是一盞路燈，照亮我脚邊，導向光明的前程。妳駭怕嗎？哦，一點不！至少這是我們的家。我可以安安靜靜地坐到三更半夜。

對我而言，生龍活虎的時代已成爲過去。如今我年屆不惑，愈覺生命的可貴。阿海雖已離世，但他的神靈仍與我同在。

這家「正心書店」是阿海一手創辦的，專賣一些舊書，以廉價出售，利潤是買價的二成，可低不可高。那是阿海手定的「鐵的原則」。這個經營方針，使我們在城裏得到信譽。我們的顧客大部分是窮學生。「要書嗎？」阿海對一個年輕的學徒說：「拿去吧，錢，慢慢來沒關係。」這種慷慨的措施，倒也使我大傷腦筋，月底賣主來收賬時，可就苦透了。可是，到底他是另具隻眼的，他那時苦苦鑽營，如今收穫全歸我一個人。

阿海和他母親租著我們院後的柴房，這已經是很早以前的往事。自從他那做塾師的父親死於非命後，家裏淸貧如洗，於是他母親便在我家做幫傭，負起一家生活的擔子。那時阿海才五歲。小遊伴時常取笑他住家的屋頂不到一個人身高。「他有一個秀才的祖父呀！」我替他辯道。

據家誌上的劄記，阿海的家和我家是五代的世交。遠在二百多年以前，兩家的祖先在同一個時候，自汕頭搭乘同一班帆船，渡海抵臺，紮居於諸羅（嘉義古稱）。家誌尾言附道：「故爾子孫，固須體念祖宗遷臺之艱，兩族彌益相輔，拓展鴻志，發揚祖光。」可惜得很，寶貴的家誌傳至我們這一代，竟被戰災（二次大戰）付諸一炬了。

我們眞是一對難夫難妻。

往往一個人的價值，在世時毫不爲人所知，及至逝世數年後，才相顯益彰。阿海在此世的最大成就，僅爲一家小書鋪的老闆，止乎此而已。那是一個小成就，不是嗎？

二

民國二十五年，距離我高女（日據時期的女子中學）畢業約半年時，母親首次向我提出婚事。對方是廟邊那家大藥房的長子。

「妳是長女，阿琴，我們擇定農曆十二月十六日『過定』了。」

「不，阿母。」

「我知道，我知道，」母親含笑地說：「對這個問題，沒有一個女孩子敢說個「是」字。」

「我說的是眞心話，阿母。」我覺得我滿面通紅。

「得啦，得啦。」母親沾沾自喜：「我是過來人，妳瞞不了我。」

「不！眞不！」我一再地喊。

母親愕巴巴地望著我，好像我是她闊別多年的女兒，在這幾年裏長大得使她感到驚愕。

那天晚上父親叫我去，他說：

「阿琴，這門婚事，我已答應人家了，好歹他家總有一爿店鋪，妳可以過得舒舒服服呀！」

我逼著自己鎮靜，心裏想著怎樣回答。

「妳嫁給這樣一個人，」父親接著說：「我才不丟臉。」

「我不想結婚。」我低下頭說。

「小妮子！」父親哈哈大笑：「妳阿母那時也跟妳一樣，口口聲聲說，可是妳瞧！她嫁給我後，多得意！」

父親有一妻二妾，母親絕不好過。我還時常看到她暗自哭泣呢！

「我不想妳嫁給窮光蛋，吃苦一生。」

「阿爸，你以爲你有錢？」

「我們有錢呀？好女兒呀，我們的錢，足夠一家開支，所以我說妳是——」

「我願意做尼姑。」

「什麼？再說看看！」

「我願意做尼姑。」

「胡說！」父親激怒之餘，舉手要打我，可是他沒有打下去。

他走後，我拖著沉重的脚步來到院子裏，那裏盆花滿開，芳香四溢。阿海他們的屋子正靠盆架後面。敞開的窗口低垂著一盞二十燭光燈泡。裏面忽然傳來語聲：

「對小姐不要親近，我說了好幾次了！想想人家的身份，你能讀書，算你運氣！」說這話的是阿海的母親。

許久，沒有回聲。

「如果你阿爸活著，他將怎麼說？他會說，男女授受不親！」

仍沒有回聲。

「要是想多念點書，不要掃大老闆的興，給人家留點面子，也爲自己想一想——」

我不忍卒聽，悄然地回到臥房。好久，我任憑眼淚沾濕了被蓋。

三

一個星期後，阿海和他母親搬出了那間柴房。我從樓窗癡癡地望著那些舊傢俱被移到手推車上去，心裏黯然若失。

有一天，我瞞著雙親，在東門街的一條僻巷裏找到了阿海他們新搬的家。湊巧他們母子剛上街，沒有在家。我失望地來到街上。哦！阿海的母親在對街彳亍地走著。我急步要橫過馬路，突然一輛貨車疾駛過來。我突叫一聲，失去了知覺……

醒來，第一出現在眼簾裏的，是母親的愁臉。

「阿琴，妳怎麼給弄成這個樣子呢？難道說我沒有生隻眼睛給妳？妳知道嗎？妳傷了腿了。」

我感覺到我的右腿像在牀上紮了根，動彈不得。

「阿海把妳抱進醫院來，他剛來一次，又走了。這個小子眞行，我還以爲他恨咱們呢！」

我的鼻孔酸酸的，不知不覺淚也簌簌地掉下來。

「他媽的，阿月。」我聽見父親在門外痛罵的聲音，我知道他在叫著母親：「他們把婚約廢了！」母親憂慼地望了我一下，馬上轉過身去，這時父親已出現在門口，他發覺我已醒，就擺開雙臂說：「她聽到了，也就算了！那個藥房的臭老頭，眞不是人！」

我一直躺在醫院的病室裏。三月間，醫生替我開了兩次刀。斷骨銜接得很合理想。阿海和他母親常來看我，母親似乎對他們回心轉意了，偶而阿海會談起我的婚事。「將來再說吧！」這是我的回答。

「阿琴，難道妳變心了？」這一天，他進來病室，看見我獨自一個人，就直衝著我問。

「不，我的心與當初一樣。」

「那麼馬上答應嫁給我！」

「不！」我感激而泣。

「我不明白，爲什麼？爲什麼？——」

我俯首哭了。

阿海走後，母親立即進來。

「我也不明白，」她說：「爲什麼妳不答應他？」

她一定是在門外聽到我們的談話。

「我不能——」

「他很愛妳呀！我這隻眼睛不會看錯。」

「爲他著想——」

「也爲妳著想！」

「我們不能全顧自己！」

「可是，人總不能不顧自己！」

「這事算是過去了，」我心痛如絞地說：「不要再說吧，阿母。」

「我說，一百遍我也說，因爲妳是我的女兒，我疼妳，我要妳好！」

我默無一言地瞧著她。

「醫生說什麼，妳聽見沒有？」她忽然低聲地說。

我沒有回答，跟她拌嘴無非是椿苦事。其實，醫生沒說什麼，他不過說我須要靠拐杖走，如此而已。

「今天我曉得了一件事。」最後母親傷懷地說：「我生下妳，跟妳一起很久了，但是妳我却像一對陌生人。」

「醫生說什麼，你聽見沒有？」一天下午，我問阿海說。

「他說，」他凝視著我，好久才開口說：「妳需要拐杖，而最好的拐杖就是我。」

「我嫁給你，你會幸福嗎？」

「只要妳幸福，我便會幸福。」

洞房花燭夜，外面是狂風暴雨。電燈全熄。在黑暗中，我連頭也不敢擡。阿海點燃了一枝蠟燭。我偷看他一眼，他正聚神地望著燭蕊，自言自語地說：

「妳駭怕嗎？」

我點點頭，耳根發熱。

「外面有風有雨，」他訥訥地說：「可是這是我們的家。」

「我們的家！」我心裏想著：「這不是夢是什麼？」

「家，給人一種安全感。」他說著，伸出右手，搖熄了蠟燭。（按：本省風俗，蠟燭不可吹熄。）

四

婚後的那些日子，如今回想起來，猶覺神往。更可喜的是，我的脚完全復原了。阿海喜歡熱茶，飯後或者讀書時，有了一杯熱茶，其樂便融融。當我端茶進去時，他總會抬起頭來說：「哦，茶嗎？很好。」這一句儘夠了，使我身爲妻子的感到莫大的安慰。

可是好景不長，當院子裏的芒果纍纍結果子時，阿海突然被叫到警察局去。他回來了，滿面蒼白。

「他們要你幹甚麼？」我問，手不住地發抖。

「當日本兵！」

終於，阿海離開了我。

婆婆不知從那裏聽來一套胡言，叫人在屋後造了一個不大不小的豬圈，養起一頭雄豬。她說如果那豬不死，阿海就有生還的希望，反之，則——。這還像什麼？一個不吉祥的預言！我雖不信其實，但終究是女人，拿不穩主意，朝朝暮暮被無數妄想所困擾，片刻不得安寧。此時，我生下第一個孩子，結果不幸夭亡。

春來冬去，幾年的歲月過去了，阿海只回來過一次，爲時僅半天，又歸隊去。這次他們要開到哪裏呢？誰也不知道。我加倍努力照顧那頭雄豬，爲的是要使婆婆得到安慰。

接著日本軍的節節失利，美俄便日以繼夜地來襲。轟炸，轟炸，再轟炸，我家也被炸成平地了。

戰災把我們打進了陋巷的小茅屋裏。生活對我開始露出獰猛的面孔。沒有什麼比得上生活更現實。一天要吃三頓飽飯，談何容易？何況，我既要照顧婆婆，又要照料父親呢！

陰鬱的日子過了近半年，有一天，我做完工作回家，發現婆婆病倒了。爐子裏已經生著火，一鍋子番薯在沸騰著。

我瞧瞧爐口紅熾的火燄，又瞧瞧婆婆蒼白的臉。

「阿母，妳——」我邁上牀邊，半跪下來：「燒飯，應該讓我做！」

「妳好苦呀！阿琴，」婆婆無力地說：「我以爲我看不到妳了。」

「不要這樣說。」我使勁地搖搖頭。

「妳上班後，我就感到忽冷忽熱。」

「那是馬拉利亞，阿母，妳得了馬拉利亞了。」

「不管什麼利拉，我曉得上天要召我回去了。」

「阿海不久就要回來，難道妳不想看他嗎？」

「我想，當然我想。我日夜夢想著他回來。」

「那麼提起精神活下去吧！」我激動得抑不住眼淚：「阿海不久要回來了！」

「妳相信？」婆婆的眼珠有家雀的蛋大。

「那隻豬公可以作證。」我還裝著笑臉。

鍋裏的番薯已熟，婆婆胃口大開，竟吃下兩個大的。我肚子雖餓，但對食物已感無趣。心裏想的只是怎樣弄來幾片「奎寧」。婆婆的信念已立，但還得讓醫藥來促其全成。

我踏出屋外。月亮照著小茅屋，剛澆熄的焦炭冒出的白煙，縫著茅草的間隙沁出。灰霧輕輕裏著大地。一切顯得那麼幽靜，可是，此刻究竟有多少靈魂，不爲輾轉失眠所苦？

由於嚴密的燈火管制，這裏變成一座死街。幸好天上有月亮爲我做嚮導。我往廟街走，那裏沒有受炸。

我意識到我站在廟邊一家藥房前。蔽光的黑布低垂著。我必須揭開它，可是那卻需要很大的勇氣！妳要他幫忙妳，同情妳，施捨妳？傻瓜！妳有什麼理由向他要「奎寧」。不知不覺，我蒙住臉，走開那裏。我無意識地走著，淚水滾滿了我的面頰。

仰面，來了一個兵士。他步伐踉蹌，吟哦著那首「古戰場」的名詩。這些年頭，由於戰局逆轉，士兵的情緒敗壞已極。我霍地躲進溝邊的屋角裏，但是却逃不出那兵士的眼睛。他顛簸地走近來。月光下，他的肩徽閃著光，紅十字的襟章明示著他是衛生隊的「伍長」。

「喂，女人，幹嘛躲在那裏？」他說著伸手捉住我的臂膀。我撥開他。

「妳怕我！」他哈哈大笑：「我是日本帝國的軍人，我不會加害老百姓的。」

也許我可以向他要點奎寧，不，我不能乞求他。他身上帶有嘔人的酒氣。

「看來妳病了，發冷嗎？」他說。

我點點頭。

「發燒嗎？」

我點點頭。

「馬拉利亞。奎寧可以治它。」

我膽怯地望著他，好不容易奪口說：

「街上買不到。」

「很可能，那是軍隊的專用品。」

我細心地開步走，我要趕快離開這裏。

「喂，等一等。」他喊道。

我怔了一下，回轉身子。

「這個拿去吧。」他拋給我一個上面印有大紅十字的「救急袋」。

「妳使我想到妻子，」他傷感地說：「她現在的處境可能跟妳一樣。」

五

日本無條件投降的消息不脛而走，以至臺灣光復的消息傳來，人心開始沸騰了。復員的軍隊一批一批地歸還，碼頭天天人山人海。聽說有一批自馬來亞遣返的將於十二月二十七日抵達高雄時，我也遠路趕去，夾在人浪中熱切地等著。

阿海回來了！謝天謝地，他活得那麼硬朗！我排開人群，疾奔過去。他的面孔黝黑多了，削瘦，但是強壯。

「阿海！」我一把拉住他咄叫：「你眞的回來了！」

他沒有回握我的手，任我空搖著。

「阿母和我等得——等得眞是不耐煩了!」我興奮地叫。熱淚也迸出來。

他凝望著我,不說一聲。頰上有兩絲眼淚。他忽然掉過頭去,這時我才看到他背後站著一個南洋女郎,手裏抱著一個睡熟的嬰孩。她看上去很美;愣巴巴地望著我。

哦,我明白了!一切明白了!原來,他在那裏養了一個女人。怪不得一年來他不曾給我片紙隻字。眼前突呈一片黑暗。我轉身欲走,阿海立即挽住我的手臂,他說:

「阿琴,我們先回家,慢慢來談。」

「有什麼可談呢?」我反問。

「我不想辯論,但是請妳聽聽我的話。」

在回家的車上,阿海坐在我和那女人中間,不時左顧右盼,心事重重。那女人默默給嬰孩餵奶,臉色侷促不安。而我,欲哭無淚。

「妳瘦了。」好容易,阿海才對我說。

「我嗎?」我望著他,試著笑一笑。火車在疾馳。窗外的風景很模糊。輪齒的滾動聲音使我回想到我淪爲女工時的情景。前面是機器的滾動聲,後面是監工的責罵聲,這些匯成一片嘈音。那時我有一幅美麗的憧憬,憧憬著阿海回來時快樂的日子。可是,如今呢,徒有一顆破碎的心!失望的豈只是我一個?

「這事不能讓阿母知道。」我自語道。

「說什麼呀?阿琴。」阿海詫異地問。

我沒有理會他,一直注視著那女人懷中的嬰孩,他——後來才知道是男孩——在夢中微笑。

那女人瞧著他,也不覺含笑。

「請妳不要苦惱我,阿琴,回去我們慢慢談。」阿海乞求著說。

「這事最好不要讓阿母知道。」我說。

「爲什麼?」

「她病剛好,受不了新的打擊——」

「那怎麼辦呢?」

「先把她安頓在我姑母家裏——」

「我沒有意見,不過我願意提醒妳,即使妳願意聽;妳一定吃了不少苦頭,我看得出來,這是我應該感謝妳的。」

婆婆一見阿海,歡喜若狂,竟能下牀了!這半年來她從未離開過病榻。但是這場歡喜也只是曇花一現,次日清早,婆婆便叫阿海過去。她說:

「阿海,我們有這樣幸福的一天,你想應該感謝誰呢?」

「感謝菩薩。」

「不錯，還有呢？」

「感謝父親在天之靈，他保佑我們闔家平安。」

「這也不錯，不過在現世裏，我們應該感謝的——」婆婆翹起大姆指，朝著我說：「就是她！」

阿海和我互望著，彼此默無一言。

「使我相信你要回來的是她，不是豬公。牠至今還活著，你們就宰了牠吃吧。」

當太陽東昇，陽光普照大地的時候，婆婆終於含笑溘然長逝了。

「我想跟妳談個明白。」婆婆的葬事剛完，阿海便立刻對我說。

「這個時候來談，是不是不相宜？」我說。

「反正總有一天要弄清楚。」

「等到『百日忌』過了以後再談吧。」

「不，阿琴，我心裏多難過！」

「此刻我們在服孝，除了滿腔哀傷，我能想到什麼呢？」

「這樣說來，我該羞死了！阿琴，今天，是的，今天我才眞正感覺到我是世上最幸運的男人。」

我闔上眼睛，準備接受他的話。我想我是應該忍受的。不論好歹，他是我的丈夫，我是他的妻子。

「那是一次拚死戰，誰都不能倖免一死。」阿海慢吞吞地說：「在那個小島，我們只有一個中隊駐防在那裏。美軍激烈反攻，空襲和砲擊，使得整個島上像鳥巢，無一完好處。日軍大勢已去，軍隊解體。這時四邊已無活人，我往山上匍匐，砲火的瞄點漸漸移到山裏來，我揀了近處的一個古洞跳進去，妳猜得出我遇見了誰，就是那個女人。她全身縮成一團，不住地顫抖，我不會傷害她，我不會像那些蠻勇的兵傷害她，妳相信我。她一見我，突然撲過來，緊緊抱住了我的腿，用生硬的日本話說：『救救我！』我來不及回答，就昏倒過去，因爲我太疲勞了。醒來時，我發現那女人抱著我睡著，我身上蓋著一條薄毯子。不久她也醒了。外面仍然有激烈的砲聲。但是洞裏很安靜，這像什麼？外面是地獄，洞裏是地獄的邊緣，有兩條命勢必將死。我倆互相端詳著，微笑——」

「我才不聽穢話！」我霍地站立，掩住耳朵大叫：「不要說了！」

「請妳原諒我！阿琴，我必須說給妳聽，因爲我愛妳，我的愛心未死，所以才實實在在地告訴妳。我說完以後，任妳去裁決吧！」

我幾乎要發瘋了。

「那是一次冒險，一次大膽的下注。這一場賭我輸了！請記住這話，那是阿海一生的恥辱，不可寬恕的罪過。」阿海忽然低著頭喃喃地說：「那是一次拚死戰，誰都不能倖免一死。我和她在那種情況下，我——阿琴，妳不要走！」

我跑了，衝出房門，我跑到了街上，一輛汽車在我跟前來了個緊急煞車，我聽見司機的責罵聲：「這個死不了的！」

我不顧一切地跑，跑，一直跑到氣盡時才停住了脚步。阿海也趕上來，他扶住我，喊道：「阿琴。」

我抬頭望了他一眼，他的眼睛閃閃有淚。

「阿琴，我不想隱瞞妳，因爲我不願一輩子受良心的責備，所以才想澈底告訴妳。」

「說吧，阿海，直到今天我才知道，我眞正地愛你。」

「我說出來，妳能忍受嗎？」

「能，我能。」我點點頭。

「在那山洞裏，我怎樣想呢？——因爲早就有謠傳說臺灣給炸光了，所以我，——我以爲妳們都給炸死了！我和她，也只有那一次，只有那一次；第二天我們被美軍搜查出來，分別關進集中營去，直到戰後被遣送回來時，才得當地政府的允許帶她回國。她的父親是當地出名的抗日英雄，據說已陣亡了。」

感謝上蒼，我有勇氣接受這回打擊，否則我與阿海必將分離而終。上蒼是慈悲的，他在我們需要幫忙時幫忙我們。

一個月過去了，阿海從暹回的戰友探悉了一個令人驚喜的消息：那女人的父親未死，正在四處尋覓著他的女兒。那個女人聽了這話，不禁歡喜地口口聲聲說要回去。她臨走之前，我去見她。我們言語不通，阿海充當了翻譯員。

「我要走了，謝謝妳的款待。」她說。

「令尊生還了，我眞爲妳高興。」我說。

「那是菩薩的保佑，聽說我們信奉同一位神。」

「我們是姊妹。」我說。

「姊妹，這個字眼很動聽。」

「我有一個要求，請妳把小寶寶送給我好嗎？」我察覺阿海十分詫異地望著我。

「像這個醜孩子，妳肯收養他嗎？」

「我是誠心的。」

「孩子不屬於任何人的：這是我們那裏的俗語：妳能收養他，是他的幸福。」她望了阿海一眼，滿意地說。

「我非常感謝妳照拂阿海和小寶寶。」

「應該感謝的是我，妳沒有虧待我或是他。」她指著阿海。

「妳有許多美德，值得我敬重。」

「妳也——」她侃侃地說：「我只知道阿海有一位美妻，却沒想她這樣賢淑。」

六

暴風雨過後，天地顯得格外寧靜。

「我想開一家書店。」有一天，阿海對我說。

「少年夢！」

「是呀！少年夢！」阿海苦笑。

「怕你要做書呆子了！」

我雖然這樣說，可是心裏却非常同意。那天我去找父親借錢——他因勤苦努力，得以重操舊業了——他慷慨地應諾說：「書生找到了他的眞正的工作了！」

於是我們在大通路造了一間店鋪，事業蒸蒸日上。這之間，我們的孩子，那個我們叫「黑人」的孩子也由幼稚園讀到小學，我們的生活過得很愉快。自從第一個孩子夭折以後，到今天，我沒有再生孩子，但是阿海有一個黑孩子，那個孩子與我的孩子有什麼不同呢？

去年春夏之交，阿海的心臟病劇作。不久的一天，我泡了一杯熱茶端進去。院子向日的角落裏，阿海正靠著椅背睡著，他的右手下垂，書掉在地上。

我輕輕地走過去，等著他回頭說聲：「哦，茶嗎?很好。」我喜歡他說這話時的聲音和容貌，可是這竟成了永遠的憾念，永不復兌現的冀求！

他死了，好個寧靜的死。

我俯身拾起了地上的書。微風送來遠處教堂的讚美歌。杜鵑花謝了，散開滿院子。

燈火熄了又亮。我突被召回現實裏。「黑人」穿著睡衣，揉著惺忪的眼睛，擔憂地走來。

「媽，這麼晚了還不睡?」他說。

我放下筆桿，回望著他，眉頭不由得燙熱。

「哦!」他滿臉驚喜：「媽在寫自傳呢!」

「不是媽的自傳，是我們一家的——包括你。」

海祭

一

趙家女傭把我引進屋後靠海的房間，打開了西邊的窗子。

這窮僻的小漁村，一切如舊。海灘上，漁夫們一面收拾著魚網，一面和唱著古老的臺灣民謠。海水輕輕吻著他們赤銅色的脚趾。濱海小山上擁簇的林枝，船桅邊低旋的海鷗，迎風賦歸的船隻，都是我最熟悉的老伙伴。它們絲毫沒有變。惟有鴛鴦，我最愛的人，我只能在悼念中追想她的影像。

兩天假期，對我而言，著實難得。我的住處距此約一百餘里，因此我僅能在這裏住上一晚。今年我來遲了。原諒我吧，鴛鴦。

此刻，滿潮已過，正是退潮的時候。海是固執的，它週旋於高潮與低潮之間，永不屈服！而我，是不是也像海那樣固執？是不是在浪費我的感情？正如這家主人——趙阿戇所說的!?

二

馬車在泥路上轆轆地走著。我怯怯地望著車伕揮起的鞭子，在空中劃了一下，打在馬的屁股，只聽馬長長呼嘯一聲，向前馳驅。

這輛馬車是外婆包租的。這是我第一次與外婆相見。她大概經年在太陽光下操作，皮膚全黑，鼻樑挺直，戴著黑斑頭巾，那在我們家鄉是罕見的。她一點不像死去不久的母親，母親比她好看多了。這也是我不能一見面就親近她的原因。

「阿生，過來呀！」外婆叫道。

我搖搖頭，把背轉對她。颱風剛過，外面仍是陰沉沉的天。

「這孩子眞頑強！」她輕輕地歎息道。

前面村落在望，房子低低矮矮，牆壁都用紅磚頭砌成。再後，是萬頃海洋。我聞到了海潮的氣息。想到今後必須和外婆一起生活，心裏不覺感到一陣迷惘。

「哦，乖乖。這裏並不比城裏壞，海裏有魚，有貝殼，有螃蟹、蛤蜊；小河裏有蝦蟆，你可以找到小朋友，他們會教你怎樣捉，包你過得快活。」外婆說。

馬車進了村口，繞著小街走，濃烈的魚腥氣撲鼻而來。這時我已乖乖地坐在外婆的膝頭上。

那年我剛十歲。

第二天早晨，村裏正在進行著「招魂祭」。這次颱風失蹤了三條漁船，七個漁伕遭難。聽到鑼鼓和誦經的聲音，鼻孔酸溜溜的，潸然淚下。那些遺族行列中，有一個女孩子——和我同年紀的——穿著一襲不合身裁的寬大孝服，精神恍惚，樣子怪可憐的。

外婆靠近去，拿手撫摸一下那女孩子的頭，沒想到她擺擺頭，回瞪了一眼，彷彿說：

「這隻討厭的手！」

「鴛鴦，這任性的小丫頭！」外婆喃喃地說。

「這回子她會改變的。」背後有人大聲說。

「即使天塌下來也不會。」外婆一口咬定說。

「她早沒有媽媽，現在又死去了爸爸。」那人又大聲說。

外婆把嘴抿成一字，搖搖頭，然後帶上了她的頭巾。我猜定她要回家，便忙拉住她的衣裳。

回家的路上，正巧碰見昨天那個車伕從一家小食堂出來，他醉眼朦朧地朝外婆張望了一陣子，大聲地說：

「妳要不叫我開車，我這個阿戇，說不定也打進陰府了！」

外婆拉我避開他一點，只顧回答：「阿戇，算你走運！」

「鴛鴦的事——」

「有話來家裏講。」

下午，我到村頭的媽祖廟去玩。鴛鴦正爬著廟口的石獅子，石獅子太高，她身子小，看來很費力的樣子。我用兩隻手托住她往上一推。

「別管我！」她掉回頭一看是我，又說：「我還以為是誰家的野孩子。」

「我叫阿生大王。」我做個鬼臉。

「我認識你，」她笑了笑：「走開點，我要跳下去。」她輕盈地一躍而下，站直了說：「昨天你在馬車上，阿戇叔載了你們打這裏走過，阿根婆抱著你，說到她呀，說話又大又響，還怕人家聽不見呢！」我把嘴裏的糖一口嚥下去，呵，她敢當著我罵外婆，我來不及張口，她又說：「她是你的奶媽，是不是？」

「她是外婆。」我耐著性子。

「外婆哪，你們一點不像，她的臉孔可像猴子，我們管她叫猴姑婆——」

我沒有讓她說完，一巴掌打過去。

「啊，你敢打我？」她的面頰上清晰地浮現出五條指痕。

「打妳怎麼樣？」

於是她撲了過來，我應聲打過去，扭成一團，滾著，滾著，立刻驚動了鄰近的小伙伴，大家圍著看熱鬧，雜聲喊著：「鴛鴦！加油！」在學校裏，我和高幾班的同學打過不少次架，但是碰見如此勁敵，還算是第一次。我的鼻孔出血，臉也刮破了數處，鴛鴦的臉東一塊青，西一塊青，衣袖也撕破了。突然，有人喊著：「猴姑婆來了！」

「阿生呀！你幹嘛打架？」是外婆的半哭聲。

「鴛鴦，住手！」接著一聲大吆，原來就是那個車伕——鴛鴦說的阿戇叔來了。

我們同時放下手，爬了起來。

「都是妳不好！」外婆以食指尖頂著鴛鴦，氣喘吁吁地說。

「是他不好！他先打人！」孩子們指控著我說。

辯論是多餘的，鴛鴦瞪著我，我瞪著她，誰也沒哭。

外婆望著孩子們，一揮手把他們哄走，然後把臉轉對阿戇，搖搖頭說：「不是我偏心，單單一個，就夠頭痛了！」

一個星期很快地過去了。每當黃昏吃過晚飯後，外婆便帶我出去散步，我們順著媽祖廟口那條路走，上小山眺望大海村落，然後從海灘回家。

黃昏的海濱，像一個會說故事的和藹的老頭子，帶著一副富於表情的面孔。它挑逗起我的興趣遠比故事書還要濃厚得多，海潮悠閑的聲音，在我聽來，猶如從小聽熟的搖籃歌。不知什麼緣故，我猛然想念起逝世不久的母親來。這時，我的心裏是寂寞的。

「來呀，阿生。」外婆在叫我：「瞧！鴛鴦在那裏！」

鴛鴦孤單地站在海灘上，面對著灼紅的夕陽；它離水平線只有一尺高了。外婆和我走下小山，快到她的身邊，她還沒有察覺。

「寂寞，是不是？」外婆對她說。

鴛鴦忽然掉轉頭來，睜大水汪汪的眼睛，她沒有等外婆再說什麼，就撲倒在外婆懷裏哭了。

「受到什麼委屈呀？」

外婆的聲音變得溫柔多了，鴛鴦更放聲地哭，我也陪著哭起來。

「哎呀！你們都哭什麼？來！妳，鴛鴦，跟我走，到阿根婆家裏來，阿戇照顧不了妳的。」

那是一段快樂的日子，鴛鴦和我成爲最要好的遊伴。鴛鴦是任性使氣的女孩子，但是很可愛，我們常去村後的小溪釣蝦蟆，她教我怎樣把泥鰍串上鈎子，怎樣引誘出那些貪吃好懶的蝦蟆。我們同時放下十數根釣竿，每根總會釣上兩三隻。不消數分鐘，魚籠就裝滿。鴛鴦把魚籠一倒，籠裏的蝦蟆全部逃回溪裏，她提起釣竿說：「來！從頭開始！」

於是我們又開始垂釣了。

我也學會了游泳，也是鴛鴦教我的。她能潛水很久。惟一美中不足的是，我在這裏的水土不服，所以時常鬧小毛病。終於外婆決心把我送回家裏。

「明天，我就要回家了。」有一天，我對鴛鴦說。

「你必須回去嗎？」

「學校也要開課了。」

「學校好玩吧？」

我點點頭。她低下頭，用脚趾挖著地板，喃喃地說：「你討厭我嗎？」

我搖搖頭。

「撒謊！你實在討厭我，好，你不想跟我玩，我也不跟你玩！誰希罕你！」她一轉身跑去了，兩條小辮子像兩隻大蜻蜓，追逐著她跑動。

「鴛鴦！」我喊著。

回答我的是帶有鹹味的無邊的海風。

回校頭幾天，不知爲什麼，鴛鴦的影子常常浮上腦子裏來。但是不多一個月後，却很快的把鴛鴦和海忘掉了。

三

小學畢業後，我考取了中學。這之間，外婆曾來我家兩三次，偶而談到鴛鴦，說鴛鴦變了，變得像一頭溫馴的小雌貓，並且越長越漂亮。外婆把她送進隣村的小學讀書，成績非常好，佔全班第一名。

「阿生，」最後外婆說：「你們兩個人去比賽，看誰強。」

從此我開始在學業上力爭上游。

中學畢業那年，我因健康不佳，醫生勸我到海濱去休養身體。自然唯一的好去處是外婆家。父親曾就此函洽外婆。回信來了，大意說一切準備妥當，請即將動身日期和班車見告。

阿戇已在車站等著我。我走過去喊他一聲。

「阿生呀，你，你長得好大哪！我可不認識了！」阿戇歪嘴笑著說：「本來阿根嫂親自要來接你，我說我來就行。你知道的，她老人家年紀大了，身體常鬧出小毛病。快快上車吧，我得趕到學校去接人。」

「什麼人？」

「等著瞧吧！」

馬車在隔溝的高等女學校門前停住，阿戇大步走過架在校前的石頭橋進去，不稍一會，只見他跟著一個白衣黑裙的女學生出來。

「鴛鴦！」我驚喜地喊著，跳下車去。

「啊，阿生！」她疾奔過來：「阿戇叔沒有告訴我是你！」

我要扶她上車，她却嬌羞地回頭望著校門，說：「我自己來。」

馬車正在穿過通往村路的鬧街，我和她面對面坐著，彼此都想不出話頭來說，她的辮子已剪去，改成短髮，沒有一點稚氣，眞像外婆說的一頭嫻靜的雌貓。臉蛋、細腰、白嫩的手、豐滿的腿，都充滿了青春的溫馨。只有她的眼睛沒有改變，深沉似海。

「這一次，我是來調養的。」我不自在地說。

「別哄我！」她輕輕一笑；那種笑容，我一輩子也不能忘記。

「眞是來調養的。」我一本正經。

「開玩笑！」她掩住嘴笑：「瞧呀！像頭牛！」

「不是開玩笑。」

「我不是小孩子了。」

「我們閉上眼睛，一睜開眼來，都變成大人了。」

「你長得好高呢，看見你才想到人本來會長高的。」

「瞧妳的！記得在廟前打架那事嗎？」

「眞可笑。」

我們已經駛進村路，靠街到坡前那段路面都鋪上了柏油，另一半正在趕工中。馬車疾馳著。

「年底這裏要通車了。」鴛鴦說：「阿戇叔必須改行了。不是嗎？阿戇叔。」

「是呀！」阿戇揮起鞭子，一打馬匹：「不是吹牛，我這個阿戇的馬車，比他媽的汽車還要快，還要舒服得多！」

我初來這裏到此時，該有十年了；但對海的記憶猶如海的顏色一樣沒有褪去。

上午，當太陽拋出柔和的光芒時，我喜歡搬出帆布椅，在海灘上一面日光浴，一面研讀《海湼詩選》。海潮有規律的節奏，是讀詩時最好的調劑，能平添一份風韻。

忽然有人從背後把我的眼睛蒙住了。我猜得出是誰，但是故意叫喊了一聲。

「慌張也沒用，」果然是鴛鴦，她說：「這樣蒙著眼睛，好好回答我的話，要不，我不放你。」

「說呀！」

「告訴我你聽到什麼？」

「海浪、海風、舟子的歌，和相思林的耳語。」

「很好，那麼告訴我看見什麼？」

「海、雲、漁船、海鷗、林投、阿戇的馬車、廟前的石獅子，還有——」

「還有——」

「妳，」我倒轉手臂攬住她的腰，輕聲地喊道：「鴛鴦。」

「在你眼睛裏，到底我像一個什麼？」她的手壓得更緊。

「海，鴛鴦，看到妳的眼睛，我就想起海，看到海，自然會想起妳的眼睛；我沒有一天不想海，看著海，我不覺得寂寞。」

「這句話你能說多久呢？」

「永遠——永遠。」我的眼睛仍被鴛鴦蒙住，在黑暗中，我彷彿望見一顆星星，爆開出千萬個火花。

「我害怕——」她說，我感覺到她的手在微微發抖。

「害怕海浪把你我隔開。」她放鬆了手，我睜眼，感到眼花撩亂。

「不用害怕，鴛鴦，」我站起來，面對著她，握緊她的手：「除了母親，我一輩子只愛一個女人，也只願愛一個女人，她的名字叫做鴛鴦。」

「小時候，我時常幻想自己是公主，有一天，遠城的王子來把我娶去；現在這幻想快要變成事實了。」她說。我沒有想到她這樣爽朗。

「他是工程師的兒子，不是王子。」

「在我心裏，他就是王子。」

此刻鴛鴦已經成爲我生命中最不可分離的一部份，如果要我忘掉她，還不如把我的腦袋砍去來得容易些。她的學校放假了，於是搬回家裏來住了。她是寄讀的。外婆把她的書齋做我的睡房，書齋是臨海的，她常來這裏看書或者寫字，所以我們有機會時常在一起。我常逗笑她是「海口查某囝仔」。往往她也在大家面前回逗我：「人家阿生是城裏來的！」自然，暗指著我對某些事物——當然是有關海的，一竅不通。在這兒住著，我的身體康復得很快。

這一天剛剛是村裏的大拜拜。阿戇在幾天前就已邀請我去吃他們的拜拜。本來說定是鴛鴦要陪我去的，但是到了時候，鴛鴦忽感身體不舒服，終於我一個人去了。

酒正酣時，外婆忽然差人來，吩咐阿戇去一趟。我預料發生什麼事情，也要趕回去，但是阿戇却極力挽留我，叫我代他招呼客人。

宴罷人散，已是午夜一點。我的兩隻腿像裝氣的橡皮管，我像游泳似的走出阿戇的家。在外婆的家門口，我瞥見外婆正送一個客人出來，她對他說：「李博士，謝謝，謝謝您哪！」客人上了車，阿戇拉一下馬轡，馬車在黑暗中駛去了。

外婆好像沒有看見我，快步走進屋裏去。我追上她，說：「外婆，什麼事呀？」

「沒什麼。」她習慣地搖搖頭：「你喝醉了，快點去睡呀！」

「我沒有醉呀！」

一踏進房裏，我發現鴛鴦正在收拾她的書籍，一本本地放進大箱子裏。「鴛鴦，幹嗎？」

「幹嗎，搬家？」

「要搬家了。」她臉上沒有一點血氣。

「請別問我！」

「告訴我！鴛鴦。」

她只管搖頭，頹然地。

「不告訴我，我不讓妳走！」我一步步地走近去，她卻一步步地退後。她身靠白灰壁，不能再退後了。

「走開！」她突然吼叫一聲：「阿生！別碰我！」然後像一頭小貓似地，奪門而去。

整夜我沒有闔上眼睛，我的自尊心受到了嚴重的損傷。我不知她爲何待我如此。她因病脾氣變得暴燥，這是惟一的解釋。不過爲什麼她要搬出外婆家呢？外婆卻閉口不說。

第二天上午，我日光浴罷回來，發現桌子上擱著鴛鴦的信。那是給我的。白信箋上寫著：「下午八時半，請來相思林口一談。」

我準時到了約會地點。天很暗。

「鴛鴦。」我靠著一株相思樹輕輕地喊了一聲。

「阿生。」回聲來了。奇怪，這不像她平常的聲音。

「哪裏？鴛鴦。」

「阿生。」她的聲音有點發抖，並且越聽越遠。

我追著聲音走去，突然幾盞手燈一亮，照射在我身上，我來不及轉念頭，渾身一陣痛楚，我挨了打，彷彿有好幾個人打我，我看不清楚是誰……

我踉蹌地走回外婆家，門邊蝟聚著一家人，他們一見我，忽然寂靜下來。我正要把我的遭遇告訴他們，我猜想也許是我有了情敵，只見外婆從大廳走過來，她說：

「阿生，你回來得正好，」然後伸出一隻手，一張紅色紙單挾在她的指頭上：「明天早上，你得上徵兵處報到哪！」

我沒有回答她，她也沒有再說什麼。我進去拿了我的行李，門外，阿戇的馬車已經等著我。

四

光復後不久的一天晚上，接到了外婆逝世的噩耗。父親剛被公司派出外國，於是我當夜就奔喪去了。

喪事完畢，阿戇來約我相談，我們走向海灘去。我的心騷動得厲害。他開口便說：「鴛鴦是個可憐的女孩子。」

「難道說我不可憐？」

「鴛鴦——」

「鴛鴦，鴛鴦，」我站住，他也站住，我氣憤地說：「別提了！我才不想聽！」

「我可以閉嘴不說，但是你這樣不覺得殘忍嗎？想想看，她多麼愛你！」

「哈，你想拿這安慰我？我恨，我恨她！」我舔舔舌頭，感到苦得異常：「現在這樣塞住耳朵，我還聽見她的吼聲：『走開！阿生，別碰我！』對一個重度傳染病人，也何至如此！要不是爲外婆奔喪，我甚至一輩子不願踏上這塊土來！」

「阿生，沒料到你變得如此，從前的你，是個純情的孩子——」

「那個孩子早就死了！」我側著頭。

「也許有一天，當你發覺這個事實時，良心要不安的！」他舉起拿著紙包的右手，猛然間，把它重重地摔到地上去：「鴛鴦好傻，她不該這麼癡情！」

他聳聳肩拖著一身怒氣走了。

我拾起紙包攤開來，裏面是的鴛鴦的一束頭髮和一本日記。我記得我稱讚過她的頭髮是如何的黑，如何的細，又如何的美。我依稀地聞到了髮油的芳香。她的日記開頭很整齊，字又小又娟秀，越後越亂。有些字必須前後揣度才能明白。

(這裏只錄出有關這故事的幾個段落)

昨天晚上，阿生終於回鄉了。天知道我內心的苦痛！我問自己，我眞心願意他走嗎？噢，不！但是如果這是爲了他的幸福的話，阿根婆也說過的。我不忍心他挨打。阿贛叔說，他只受了一點毆傷，只是腿和手發青而已。如果早些知道他要當兵，就可以省却這次打擊。啊，我確信他是深深愛著我的。上蒼幫助他吧！

當寂寞的時候，我就問自己：「妳寂寞嗎？」立刻，聽見阿生的回聲：「聽著海濤的聲音，就不會寂寞。」這多麼可笑，其實這並不可笑。

下午，我到海灘去。村人偏著頭，用異樣的目光注視著我。那是什麼意思？我身上的病使我煩惱，難道也使他們煩惱？

等到病好以後，我要給他看看這本日記。等到病好以後，啊，這個日子也許永遠不會來到！啊！可怕的麻瘋病！

好半天，我站在鏡前。「妳！」我自己不由得喊出聲。那是一幅醜相，我的眼睛已深陷下去，但仍未失去光芒。記得他讚美過我的眼睛像海一樣深沉的。

失望得很，面容一天比一天壞。我怎能拿這張面孔去見他？天呀！

清早，阿戇叔來了，偶然談到他的近況，忽然像發覺什麼似的，把話鋒一轉。我忍不住要發問，可是嘴巴偏不聽話。此刻我真後悔。

上蒼幫助我！夜夜我睡不著，只做古怪的惡夢！只要想著他在我身邊，什麼痛苦都捱得過去。

日記在這裏斷了，它的一個字一個字，像是狼狗鋒利的牙齒，深深咬著我的心肺。

忽然有人拍著我的肩膀，是阿戇，他仍沒有放念我。「看過日記，是嗎？」他說。

我抬頭望一望他，點點頭。

「阿生，」阿戇說，聲淚俱下：「我也是參加這『陰謀』的一個，我們各有各的主張，但歸結起來，不但要你好，也要鴛鴦好，但是這兩樣都不能同時辦得到。也許那時候我們該告訴你實情，叫你斷念，但阿根嬸反對，說要你乾脆死了心。所以我就也忍著心參加了去打你。這樣對你總是好的。」歇了片刻，又說：「她的結局好慘，你想聽嗎？」

我凝望著朦朧的遠方，點了點頭。

「那年初夏，我們開始發覺她的神經有點不對，大概痳瘋病太深了吧。她常下海泅水，頭一兩次還是在月夜裏，後來竟在白天光日下幹起來了。我們把她關在老家，但是到了美國飛機來空襲的時候，不得不把她放出來，帶進防空洞，警報解除後又關進去。後來，整天警報常有，索性就放任她去。有一天，發出警報時飛機已臨空，只見鴛鴦脫掉白襯衣，瘋狂地奔去海灘，揮動著它，向空中狂叫一陣。你該知道日本軍閥定下的『戰事公約』的，一個海防的兵追上去，一彈了結她，當他折回到半途，竟遭受空中掃射，飲彈死了。村長有一句話可以解釋我們的做法：我們都愛她，所以不忍她受苦下去。」

我聽罷，瘋狂地奔向海灘，我像追什麼，又像被什麼追著，最後我癱瘓地倒下。燙熱的沙灘炙著我的斷腸。遙遠的地方傳來某種天籟，彷彿是鴛鴦的喊聲，但是一抬頭，只見海那邊烟波浩渺……

五

漁夫們沙啞的歌聲歇了。

夕陽抖落了海波上最後一絲光芒，夜幕沉沉垂下。海，便這樣埋葬了我生命最快樂，也最痛苦的回憶。

這時一盞燈光搖晃著投進房裏來，我認出了阿戇蒼老的身軀。

他放下油燈和我默然對坐了很久，這才抖著嘴，好容易開口說：

「光悲傷沒用。阿生。瞧！十年以來，我這個阿戇已經有了一條像樣的船，一間像樣的鋪子，一個像樣的家，嗯，不是說我的本領比你強，實在是——你還年輕，爲什麼不多想點將來？」

我一聲不響在想著海，想著像鴛鴦的眼睛的那海。

「我沒料想到你今年還會來。九年裏頭，你來了九次了！九年，一個出生的小孩已經上小學了；九年，鴛鴦的骨頭，已變成土了！」他眼淚奪眶而出。

我情不自禁俯下身子，飲泣起來。

「對不住，我不是想責備你，」阿戇接著又說：「年初，我喪了妻子。」

「你沒有通知我。」

「我，」阿戇剔著燈蕊：「我，不想麻煩你們。」

「我爲你難過。」

阿戇點頭，站起來，把背對著我，拿手揩著老淚。他慢吞吞地說：「喪了心愛的妻子，原諒我，阿生，我才懂了你的心境。」

古書店

一

古書店女老闆——那個嘴唇發紫，面頰削瘦的老婦人，坐在店鋪內角几前，修補古書。時而抬頭望望店口，急促地喘氣，然後又埋頭工作。一位大約五十歲的男客，和她面對面坐著。他像有點近視，但是沒有戴眼鏡，側著修長的身子，耐煩地翻著一本「人體解剖學」的書。

書店佔地七坪。兩側各放一個書架子，每架子分成八層，高及天花板。中間兩個書架，並背立著，也是高高長長的，從門口伸到裏面，盡頭只留一尺寬的通道。架子上塞滿古書籍，排得整整齊齊的。右邊通道上，有一隻四脚梯子，只見一個矮胖的老頭子捧著一堆古書，遲鈍地爬上爬下。他是店員，戴著黑框老花眼鏡，頭頂上禿了兩個圓塊，有兩個饅頭大。一襲厚厚的、舊舊的、褪色的藍布衣褲，把他裹得像架子上古書封面一樣蒼老。

這是星期三下午。雨天，生意清淡。

「玉嫂，我已把信交給妳了。」說這話的是男客，聲音很小，連店員也聽不清楚。

「別出高聲。」女老闆停住手，抬頭擠擠眉說。

「妳不會燒掉它吧？」男客的聲音低得不能再低。

女老闆搖搖頭。

「這是時候了！」男客說到這裏，趕緊翻過一面書頁，稍停，立刻接著說：「一點也不能遲慢。我已經說過，我的責任——說得好聽一點，我的義務到此完畢，我沒事了。」

女老闆沒有回答，抬眼看他，急促地喘氣，然後頹然俯下頭去。她的大姆指在剛糊過漿糊的封頁上來回滑動。男客注意到她手指輕輕地痙攣，隨著逐漸明朗的光線，越看越分明。他把背轉向她，望望梯子上的老店員。老店員正把擦淨的書本排進最上層的書架裏，雙腿微微發抖，好像站不穩似的，橫躺在他身後的濕街道，車馬喧闐，復呈熱鬧。雨，似乎歇了。

男客「拍」地闔起書來，同時站起身，踱到四脚梯子邊，忽地停下脚步，拿手拍一拍老店員的右腿，仰頭對他說：

「脚不痛了嗎？阿南。」

「不痛了。」老店員說。

「食慾怎樣？」

「一碗半。」

「還好。睡眠呢？」

「兩小時多一點。」老店員說著，吃重地爬下梯子。

「那不好。」男客一手攙住他，幫他下來。

老店員撲撲衣塵，把手揷進褲袋裏，面對他站好，嘴角噴著白沫說：

「神經這傢伙壞慣了，老是不聽話。」

「做夢嗎？」

「夜夜做，我時常夢見一群孩子。」

「因爲你沒有孩子。」

「是的。我愛孩子，他們太可愛了，我自己却沒有。」

「因爲你不娶老婆呀！」

「我發誓過，我一輩子不娶。」老店員苦笑。

「年老沒有妻兒是一件不幸的事。」

「也許是的。可是我在這裏已經夠好的了。」

「你快樂嗎？」

「是的，玉小姐會供給我需要的一切，正如她父親供給我的一樣。」玉小姐就是女老闆，老店員習慣地叫玉小姐。

「他是一位好老闆。」男客低聲說。

「什麼？」老店員沒聽清楚。

男客又把這話說了一遍。

「哦，是的。」老店員說。

「我是說前任老闆。」男客轉臉看看女老闆：女老闆低著頭，手指仍在書上來回滑動，一切和剛才一樣。他補充一句：「玉嫂的父親」。

「嗯，他很好，待人不錯。」

「你是說他待你也很好？」

「一點不差，他沒有偏心。」

「你在這裏至少也有三十多年了吧。」

「不，四十多年了。」

「三十多年前，我在中學念書，我是你們的老主顧。我第一次光顧你們的書店，你已經在這裏，你還是一個年輕的小伙子，虎虎有生氣，那時你幾歲了？」

「二十歲，不，二十四歲。」老店員把手拿到頭上，搔著禿頂的圓塊。

「那天你抱了一堆古書，爬上這架梯子——」

「不是這架，這是第二架，不，第三架了。」老店員一面說一面抱著拭淨的古書，慢慢爬上梯子去。

「我像這樣站在你旁邊，你手裏的一本書忽然掉下來，打中了我腦袋。你忙下來道歉。我不知什麼心血來潮，把那書買了。你可記得那書是什麼？」

「不記得。」

「叫做『人體解剖學』。你本來想做醫生的，是不是？阿南。」

「哦，是的。可是這個——他媽的，老早就吹了。」

「說穿了，阿南，是你指引我做醫生的呀！」

「你幹嗎記得清清楚楚？」

「難道你不記得你一生值得紀念的事？」

「一生值得紀念的事？哦，是的。」老店員說著，拿下老花眼鏡，放在手邊的架子上，用手背揉揉眼睛：「我們人生該記的事情多著呢。比方我來說，這店裏的書，那一本放在那一個角落，我都記得的。」

不知不覺的，店內變得黯淡無光，也許烏雲已把天空掩蓋了。男客搓著瘦骨嶙嶙的手背，嗟歎太息。這倒使老店員惶惑起來，他那隻拿著書的手，在架子前晃動一下，他簡直忘了該把它放進那裏。

男客告辭走時，老店員閉著嘴默送他，衝著他背上歎了口氣，這口氣全從鼻孔洩出來。他拿了眼鏡慢慢地戴上，然後轉身一看，玉小姐的坐位却是空的。

二

玉小姐此刻在她房間裏。她的房間在書店後面，中間隔一間廚房，一所院子。從店舖後門有一條走廊通進那裏。她扭亮電燈，坐在搖椅上，展開醫生給她的信，默念著：

（原信用日文寫成）

親愛的玉小姐：

這是我給妳的最初一封信，也是最後一封信。

妳知道，像我這種人忍到不能忍時道出的話，是值得重視的，自然，妳會瞭解我，比老闆（指玉小姐的父親，前任老闆）更深切的了解我。我相信妳會勇於證實這句話，正像雨天我送雨衣給妳一樣的確實，如果有什麼非議的地方，那不過是時間的快慢而已。

記得小時候，母親逢人便指著我，得意地說：你看，他的玩具玩了一輩子也不壞！這不是說我天性吝嗇，不肯把玩具借人，相反的，只要誰肯用心照顧，要借我最心愛的東西，我沒有不答應的。假使我們自己心愛的東西，在別人心中也同樣心愛，並且肯用心愛護，那麼，即使由誰保管，東西本身的價值是不變的。這是我個人的看法異於常人的地方。

玉小姐，妳有過人的聰明，妳會猜想到我這些話的眞意。我不欲多言，因爲妳不日將要出嫁。但我得告訴妳，現在有兩件事情是我確切知道的：第一、我願意叫妳玉小姐，至死不渝；第二、我終身不娶。

我已考上醫學院，此點足以證明我並非無能。雖然環境不許我進讀，但我必將因此自傲。

當情緒不安時，我有一張良好的藥方：我是快樂的，我只努力想往好處做去，如此而已。意在用以自勉，同時贈給妳。　　祝妳

快　樂

她反覆讀罷，繞著房裏踱來踱去。集中精神想著那信、阿南和醫生。

阿南原來深深愛著她；醫生在從店裏買去的一本醫學書本夾著的信發掘了這秘密。

這封被擱置將近四十年，而今已發黃的信，既沒有署名，也沒有註明日期，但是內容倒

確乎眞實。醫生爲什麼要披露它呢？因爲阿南使他做了醫生，他爲了報答他。可笑的奇緣！她自問自答。如果她嫁給阿南——在她年輕時，她何至如此悲慘。但是再提也於事無補，因爲這些已經是過去的往事。我們眞是命途多舛。他會快樂？我才不信哩。

她回到搖椅上，闔上眼睛，搖著，搖著。

「你快樂嗎？」她耳畔彷彿響起醫生的聲音。

「是的。玉小姐會供給我所需要的一切……。」

她熟悉這回答的聲音。以前這聲音極其平庸，宛如市場裏攤販張喉叫賣的那種聽慣的聲音，不引起她注意。可是現在，她給它賦上了一份意義，與她旣往生活有密切關係的，但是她竟一輩子把它忽略了。

「妳快樂嗎？」她問自己。

「不，一點也不。」她回答自已，淚水滾滿面頰。

窗外已是滂沱大雨。一聲巨雷，擊中了鄰近的電桿。電燈瞬即熄滅。

三

雨，時落時停，落的時候長，停的時候短。幾個避雨的人趁大雨進來，趁小雨出去，鋪子裏時常是空的。

到了三點一刻，老店員差不多把架子上的書本統統整理就緒，結束一月來的清理工作。清理書籍，每年分兩次舉行，這是店裏傳統的規則，四十多年來，由老店員一手包辦。年來，他自覺老邁無能，未克勝任，因爲他雙腿常出毛病。據醫生說：那是輕微的痙攣症。他想：輕微也罷，嚴重也罷，總之都是一樣妨礙工作的。

這時他雙腿更加痙攣了。工作中，倒不覺什麼，閒著，什麼毛病都覺嚴重。他踱到店門邊的椅子，規規矩矩地坐下，照四十多年來的老習慣，以和藹的眼光張望店裏，不覺自語道：「人老了，鋪子也老了。」

他的視線停留在方角桌子上；玉小姐還沒有回來。玉小姐今年又老了許多，也許是經不起氣喘病的折磨，他想：老年得病實在是一件雙重的苦事。他心裏深處藏著的她，是一幅永不褪色的青春畫像。除掉他自己，從沒有人知道。至少他本身確信如此。「假如我一生有值得回憶的事，」他想起了醫生的話：「那就是——」

忽然店門口響起脚步聲。老店員直覺客人來了，本能地立起，面呈笑容。

那是一個十五、六歲的女學生，穿著深綠色雨衣。她脫掉雨衣拿在左手裏，用右手甩一甩濕潤的黑髮。她的臉龐修長，額前短髮尾端掛著數滴雨珠，彎眉、黑圓眼珠射著惹人愛的光芒。

老店員愕然一驚，向前走了一步，又忽然停住，面孔羞赧。她在文學部類陳列架前徘徊一會，走了。

老店員佇立原處，抬起圓下顎，出神地望著她背影消逝於烏雲掩蓋下的街道。「太像了，太像了，和玉小姐年輕時的相貌一模一樣。」他搖搖頭，興奮地自語道。

他回到原位坐下，抬手摸一摸頭上禿光的圓塊，覺得面子還熱辣辣的。不錯的，他的害臊病至死未泯。

玉小姐少女時也在高女（日據時期女子高等學校的簡稱）念書，老店員想著：每逢下雨，玉小姐的父親就叫老店員——那時他是少年——送雨衣給她。他永遠忘不了她接過雨衣時的笑靨。有時店裏忙，他送遲了，玉小姐孤零零地在教室走廊踱步，遠遠看見他，高舉雙手，嬌聲地招呼。事過境遷，但這些情景，猶歷歷在眼前。

忽地電光齊閃，遠雷近雷轟轟隆隆地吼起。

「她怕雷，」老店員自語：「可憐的她，沒有母親，小時候給父親放任壞了。」他記得那個日子，他送雨衣去，洪水把校前的小小石頭橋淹沒，她請求他同行回去，來到橋上突起雷鳴，她大受震驚，撲進他懷裏。

大雨傾盆而下。一個矮小、黝黑皮膚的青年奔進店裏來。老店員認得他，立即站起身招呼。他買了一本「醫學入門」的書去了。老店員搓著臂腕，搖搖頭自語道：「想做醫生的太多了。」

像他那麼大年紀時，老店員也做過醫生夢，在書店工作之餘，偷閒讀書。這些已是很早以前的事情。他連年考了三次，都名落孫山。第四次，僥倖考取。他興奮地奔回店裏，玉小姐恰在店口，把嘴唇閉成一字，用惹人愛的目光瞪著他，睫毛上含著淚滴。

「玉小姐，我，我……」他再說不出什麼，任憑喜悅的淚水滾動。

「恭喜你。」玉小姐俯首而泣。

「謝謝妳。老闆在哪裏？」

「他看你爸爸去了，」她嗆咽地說：「你爸爸從屋頂跌下來——」

那可真是一樁不幸的事。他父親足足住了四個月醫院，出院時兩臂俱缺，再也不能重操木匠的工作。他因此放棄了念醫校的計劃。

老店員想到這裏，拿下眼鏡，用手背擦擦眼睛，重新戴上。眼膜底好像有針尖在刺戳。他眨一眨眼睛，兩絲清淚沿頰淌下。

轉望店外，濛濛密雨下，兩個女人在路旁相遇；一個是中年婦人，撐著紙傘；一個是年輕婦人，雙手各提一個包袱，沒帶雨傘，渾身是水。

「哦！妳又被趕出來了！我知道，天呀，我知道。」中年的那個說。

「媽！他不要我，罵我，打我，踢我，逼我出走！」年輕的回答。

「都是妳爸爸的好主意！這門婚事，我當初就大大反對。別哭了，我做生娘的，還有米糧可以養活妳。」

老店員不忍再聽下去，掩住耳朵，收回視線。他想，那女人的境遇和玉小姐太像了。

那年老闆把玉小姐嫁給鐵工廠經理。這婚姻並不美滿。經理是色鬼，玉小姐隱忍苟活，度日如年。一天，老店員奉老闆的命令去接她回家。玉小姐披頭散髮，正在抱病洗衣，她丈夫攜了妓女到城郊的溫泉，尋樂去了。

「阿南，你想我會回去嗎？」玉小姐說。

「這是老闆的意思，難道妳……」

「我不回去」

「妳再能忍下去嗎？」

「不能忍，也得忍呀！」玉小姐不禁放聲大哭。

牢不可破的舊道德觀念，使她忍辱二十七年之久。她沒有生孩子，直到她丈夫被一個妬情的妓女砍死，她才回來。

「阿南，替我寫封信好嗎？」

老店員突被召回現實裏。站在他跟前的是老鞋匠，他的老傭人辭去後，無依無靠，他想匯一點錢給他。

信寫好，老鞋匠走了，老店員頷首自語道：「這是一份美意，他會領情的。」

那事發生在不久以前，玉小姐因丈夫慘死回來後第二年，一天晚上，老闆對老店員說：

「你想自己做點生意嗎？阿南。」

老店員搖搖頭，他夢裏都沒想過做生意。

「你在店裏已經四十年了，我早就預備酬謝你。」

「謝謝你，我不用酬謝，以我的薪水，吃、穿、住，樣樣都不欠。」

「我送一筆錢，你自己開鋪子試試看。」

「不，我願意終身效勞你。」

「終身效勞我？這不可能，我會先你死去的。」

「別說這……」

「如果你無意接受，就算我借給你，等你賺錢再還給我也可以。你也得娶個老婆呀！」

「我不娶！我說過，我一輩子不娶！」

「哦，阿南，幹嗎哭？我是好意呀！」

老店員始終堅己見，沒有領受這份美意。第二年老闆病死，玉小姐承繼了他的位置。

「玉小姐永遠是孤獨的，我敢打賭她並不像她父親那麼樂觀，那麼快樂。」

在細密的雨聲裏，隱隱的聽見老店員喃喃的自語。

四

不一會後，雨過天晴，老店員看看掛鐘，差五分就是六點。這是玉小姐的進茶時間。玉小姐喜歡烏龍茶，雖然醫生勸她別喝含有刺激性的飲料，她還是一意孤行，非喝不可。

老店員拿了一個小茶壺，放上一點茶葉。「薄茶對病人並無大害處。」心裏正在想時，湊巧醫生進來。待他想藏起它，已經來不及了。

「阿南，我知道你一向不喝茶的。」醫生懷疑地說。

「我聽見你來，所以預先泡茶等你。」老店員尷尬地笑：「因爲你忘了帶雨傘去。」

「要得，你的耳朵眞長。我剛剛到這附近出診，順便來拿它。」醫生笑笑：「玉嫂呢？我走後，她有什麼表示嗎？」

「我不懂你這話的意思。」

「她有什麼變化嗎？」

「她一直躲在裏面，沒有出來。」

「請你領我去見她。」

老店員領路。兩人從後門走進院子去。房間裏傳來玉小姐的聲音，異常微弱無力：

「阿南，你泡茶——來——了？」

阿南呆在那裏，回頭望望醫生，嘴角一歪，泛著苦笑。醫生雙眉緊蹙，把他推到一邊，走到門前站住說：

「我可以進去嗎？玉嫂。」

「啊，醫師？湊巧——」

醫生走去。只見房裏一片昏暗，玉小姐俯身在搖椅上，呼吸緊促。阿南要開燈，始知停電，點了一支蠟燭。醫生立即給她打了一針強心劑。

「覺得好一點嗎？」醫生問。

玉小姐點頭，強顏作笑。

「我沒事了吧？醫師。」老店員說。

「暫時沒有。」

「我要看鋪子去。」轉身要走。

「阿南，不必了，來吧。」玉小姐喊住他，從懷裏掏出一頁信紙說：「你認得不認得這？」

老店員藉著搖曳的燭光，把那信從頭尾讀了兩遍，不住地搔著肚臍，面孔熱辣辣的，像少女般的羞赧，他朝醫生看了一眼；醫生在玉小姐背後收拾他的皮包，回他一眼，示意要他承認。

「信裏沒有署名，」玉小姐急促地說：「我正待你自己證實，我活不長久，我要做點我分內的事，譬如財產的繼承。好在我們都像一家人，誰也不必顧忌誰。」

「我，我——」老店員看看醫生，又看看玉小姐，遲遲不回答。

「阿南，壞話我不說，」醫生自信地說：「你寫的就說你寫的，不……」

也許是天性的害臊，也許是燭光的照耀，老店員的面孔紅如蘋果，看上去似乎年輕二十歲。他抖著嘴，嘴角噴著白沫，正要開口，只見醫生直奔前來，抱住了玉小姐。原來她暈厥了。

老店員呆在一旁，心裏充滿了疑問，愁眉不展。及至醫生動手施救，才恢復常態，東跑西走幫忙醫生。

待老店員點上第三支蠟燭時，電線還未修復。玉小姐雖已清醒，但是還沒有脫險。深夜，醫生垂著瞼皮，帶著疲乏的脚步踏出玉小姐的房間，老店員也跟看出來。兩人來到店裏，老店員張大血絲滿佈的眼睛，抖著兩隻短腿，衝口問：

「她怎麼樣？」

「脫險了。」醫生安靜地說。

「你做得好！你也許料到我會說聲謝謝，但是，」老店員聲色俱厲地說：「我不！你眞愚透了！」

「我並不認為自己聰明，可是我也沒有你愚笨。」醫生不動聲色地說：「阿南，你有沒有用鏡子照過自己的心？想想看。」

「假使我寫了信，我不是娘生的！瞧呀，誰寫那骯髒的信。」

「說的好聽！你有沒有想過骯髒的——像信裏的骯髒的話？」

「我倒想？我，我……」

「不要隱瞞你自己，阿南。我們間有多少人只因不肯透露眞心話，把人生弄得一團糟。信是我寫的，我認得你，因為怕傷你的自尊心，我冒了大險，事先沒對你提。下午我當她在場問你的那些話，不過要你證實信裏的話，挑動她的感情而已。你答得也眞妙。你會幸福的，玉嫂也會幸福——她處境悲慘，多病善愁，此後精神有了寄託，可能多活十年。告訴她信是你寫的。懂嗎？去吧，到她那裏去，她非常需要你。」

話未了，燈光復明。忽然聽到一聲歡呼從街上奔來，那是焦待光明的人們獲得光明時的大聲歡呼。

棄嬰記

搖呀搖，搖囉搖，
過了橋，橋邊一頂轎……

阿婆一路領先，唱著催眠歌，我悄悄地跟在後面；兩人之間，相距半條街長。她摟在懷中那隻籃子裏的嬰孩，是女的，才生下三個多星期，光著火，大哭不停。我們已經走過三條街，再隔兩條，便是高貴住宅區，那是緊要關頭，將決定嬰孩的命運與出路。

六點差一刻，陽光剛從山後伸出手掌，像要抓住這個城市。光明該是屬於這裏的。妻和我爲了渴待這一刻，通宵沒有安睡。不知怎麼，阿婆一面扭著腰，一面哄著嬰孩的奇妙的姿態，不由得使我眼淚奪眶而出。

那嬰孩，是我們所有孩子中長得最像我的一個。本來，妻和我無意要添兒女，因爲我們家裏已有四個「少爺」、六個「千金」，樣樣都要錢。

當妻懷孕兩三個月時，有一天，我向她提議打掉。

「該來的就來吧，」妻倒不慌不忙：「反正是最後一個。」

這個嬰孩的出生，帶來無比的快樂與煩惱。未足月就呱呱墜地，耳朵大而下垂。阿婆幽默地說：「這是宰相材。」

這位女宰相的吃相著實驚人，而妻的乳量太差，於是我們把三頓菜錢節省一點，買了奶粉，好不容易，才長得像樣些了。她揪住了橡皮乳頭，往嘴裏一塞，拼命吮吸著，「嗞嗞」作響，吃膩了，一手挪開乳頭，接著張大亮晶晶的眼珠，一會看這，一會看那，看得眼酸了，便又無意識地拏住乳頭，吮吸起來。

剛學跑步的女兒，看了這情景，就拍著手咿呀地說：「歡迎小妹妹巴巴！」（巴巴就是吃奶，我們家通用的）登時，孩子們爭著圍過來，一共十個，高矮不同，却都有張同樣的嘴臉，並且同樣顯得營養失調。可憐的孩子們，光翕動著嘴唇，眼光幾乎望穿奶瓶——最初，頂小的也嚷著要，現在却沒人敢說一句不平的話了。「做大哥大姊的要讓給小妹妹呀！是不是？」妻說：「來！大家歡迎小妹妹！」於是，大小齊聲一喊：「歡迎小妹妹巴巴！」妻一個一個的轉望孩子們，她清癯的面孔壓著一層厚沉沉的陰影。

兩個星期過去，妻害了場病，隔壁的阿婆來幫忙照顧孩子們。開支相當大。那天阿婆暗地裏對我說：

「爲什麼不把嬰孩送給人家？這樣捱下去，才不是個辦法呀！」

「還是送給人家吧。」晚上，我對妻說。

「什麼？」妻摸不著頭腦，霍地像想到了什麼似的，冷峻地說：「要把我？也行，省錢又省事。」

「想想那些孩子，瘦得像猴子——」我責備地說。

「少說丟臉話！先趕走我再說！」

我簡直沒有想到妻心底還暗藏著一股氣。結婚二十年以來，妻和我很少發生爭執。這次卻弄得很不愉快。

第二天早晨，她照常起牀，準時開飯。我招呼她，她卻不理睬我。

我吃過飯，準備上班。出了門，故意把門縫留大點，在門前站一會，好等她出來。如果她出來，像平時一樣送我出門，叮嚀一兩句話，那麼我願意屈就她。但是門裏毫無動靜。婚後，我第一次嘗到孤獨的滋味，並且感到沒有她是多麼的苦惱。

我下了班回家，她在裁剪花布料子，是她舊裙子解下的。她停住了手，愣愣地注視著我，忽地背過臉去，深深吸了口氣，然後喃喃地說：「還是送給人家吧。」

我衝動地跑過去，把兩隻手搭在她雙肩上，許多話都塞住在喉嚨裏，一下子說不上來。我的眼眶又熱又溼。

好一會，她才打破了沉寂說：

「有人要嗎？」

「有的。」我說。

「找個適當的。」

「當然。」

「要人口少的。」

「最好是三口子。」

「要品德好的。」

「甲上的。」

「還得能養活她的。」

「起碼要中等家庭。」

「不過不是現在，要等到下個禮拜。」

原來妻禮拜天要去參加同學會，孩子都要帶去，這回節目很多很精彩，她正在給寶貝做衣裳。

星期天日暮時分，妻他們回來了，喜氣洋洋，孩子們各人手裏拿著一包糖，吃得多高興。

「冠軍，我們拿到冠軍！」妻興奮地揮動著一面錦旗：「寶貝最受同學歡迎，她們逗她笑她就笑，大家爭著要抱，一個輪給一個，輪到主席抱時，她撒了一泡尿；主席是老處女，開醫院的，喜歡養狼狗，她說要送寶貝一隻純種狼狗。」

寶貝胸前佩帶著一個小的銀十字架，妻說那是主席賞給她的。

「亞軍是十個孩子的母親。」妻說。

「我們多她一個。」我說出口，才覺得錯了，妻的臉上籠罩著不安的氣色。

「能生不能養，不覺得慚愧嗎？」她說。

好像所有的事情都安排妥當，教你沒有插嘴的餘地。我們把消息散佈出去，結果到處碰了壁。

「如果不是女的，早該有人要了。」妻樣子很沮喪。

「愁什麼？」我安慰地說。

阿婆來了，到底是老人家，她指示出一條路。於是她帶了嬰孩，領我走上了這條路。阿婆唱她的，嬰孩哭她的。唱與哭像兩股潮流，中間似乎有著一道永遠沒有希望攏合的界限。

那條街就到了。不知怎麼，嬰仔的哭聲霍然停止，阿婆的歌聲也停了，她掉轉頭來做了一個手勢。

我立刻躲進了巷裏，爬進一間空屋的院子裏，從籬笆的隙縫間偷望著。對面一排街景，斜斜地映進眼裏。我身上的破舊衣服，使我覺得好像做著壞事。

阿婆站著的地方，正是工程師家門前，她往四週查看一下，才輕輕地把籃子擱下，走回原路去。

寶貝大概哭倦後睡著了。妻給她穿上最新最好的衣裳，胸袋子裏有一個紅包，包著六張十元鈔票。籃裏有三個煉乳罐頭，還有一個洋娃娃，是妻在同學會摸彩中的。

阿婆告訴過我，工程師家過來那家是美國黑人大兵住的，再來一家是貿易商人，然後是醫學博士，最這邊是製磚商人，所以不管哪一個——他們當中——肯把她收留下來，都可以過一輩子好日子。

時間不理會我的焦慮，慢吞吞的過去。寶貝倒很安靜。她會不會踢開氈子呢？「我一個機會也不給她！」阿婆常拿這句話來應答我對孩子的過慮。

機會，是的，機會這個字彙使我腦筋忽然銳敏起來。假若她生爲富家女兒，假若我不是她的父親，那麼可能她不會受到這種冷遇。我可憐的聰敏的心愛的寶貝女兒！要是妳長大以後知道我們的苦況，會寬諒做父母的呀！當肚子餓了的時候，就拿手指頭當著雞腿舐舐吧！只要耐著性子，機會就會來的！

好像是機會來了！我的寶貝女兒！小女宰相！

工程師家的門開了，一個六歲大的女孩子活潑潑地跳了出來。頭髮是綣曲的，結著一塊大紅蝴蝶。她好奇地跑近籃子，向裏一望，忽然跑回門裏去。

「媽！有個小娃娃！」女孩子的喊聲。

應聲出來的，是穿著粉紅色睡衣，拖著男人木屐的婦人。她怔了一怔，用右手掩住嘴，一聲不發。那女孩子拉著媽媽的褲管，仰著臉孔說：

「小娃娃哪裏來的？媽！」

婦人沒有回答，左顧右盼，遲疑著。街上沒有行人。忽地她把女孩子推進家裏，反轉手提起籃子，便往鄰居門前一放，旋即跑進家裏去。接著，門靜靜地靠攏了。

機會？壞透了！

現在我的寶貝女兒正在黑人大兵的家門前。阿婆說的，黑人大兵是光棍，僱了一個年輕美麗的女傭。正想著，那長個子、黑黝黝的大兵出來了，後面跟著一個年青女子，像在捉迷藏，嘻嘻哈哈笑成一團。忽然大兵一轉身去，先擁抱那女子，然後捻了她一把屁股，籃子恰在他脚尖邊。我呑住了氣，深怕他興頭大起，來個「踏步」，一脚踢壞寶貝。但只見他彎下半腰，拿手逗弄著嬰孩，這個好心的黑人大兵！寶貝給吵醒了，「哇」地哭了起來。

黑人大兵直著身子，聳了聳肩，攤開兩隻手臂。然後從褲袋裏摸出一些東西，也許是美金——一面塞給那女子，一面咕嚕了一陣子。黑人大兵走後，那女子敲著美金叮叮作響。「哭什麼？誰不叫妳出生在皇帝殿？」她一吼叫，我的寶貝立刻不哭了。她提起籠子走了兩三步，霍然停下，轉身去把它放在工程師門口，然後走回屋子裏，把門碰地關上了。

同時奇怪的事情發生了。工程師家的大門慢慢地開了一條縫，剛才那穿睡衣的太太出來，躡脚躡手地把籃子移到黑人大兵家過來的那個貿易商人的家門口去。

孩子，妳越來越接近我了。耐著性子呀！孩子。長大了，妳會知道，對於某些事物，有時妳不得不假裝著啞巴或者聾子什麼的；要吞聲沉氣呀！機會終會好轉呢！

我感覺兩隻腿微微痲痺，才想到我一動不動，呆了很久。

這時，忽見兩個修女從對街走來。

孩子，機會又到了！哭呀！我的孩子！妳必須學一套法寶，教人家注意妳，否則休想出人頭地。長大以後，慢慢的，妳會知道的。

忽然，修女在十字路口，停住了脚步，交頭接耳在商量著。哭呀！孩子，爲什麼不哭呢？頃刻間，修女却向右街轉彎過去了。

來不及轉念頭，一隻大狼狗跳了過來，口裏啣著一根木棒。牠好像嗅到什麼似的，放慢脚步踱過來，不聲不響，機警地往四下看著，然後直豎起耳朵，忽地朝我吠了一聲。牠會傷害嬰孩不?如果這個傢伙撲向我,該怎麼辦?我可沒有「武裝」呀!一看就知道，牠是訓練有素的狼狗。正當我這樣想著時，牠把木棒擱進籃子裏，啣住籃子的把柄，一步一步走去了。

我不顧一切，本能地衝破籬笆，跟著牠走。狗這個傢伙，似乎察覺我在跟住牠，打個圈子轉對我，尾巴直挺起來，作著無聲的抗議。

你不可以吠呀!好狗，小心嬰孩!我跪了下去，拱起手來，「拜託，救救孩子!」差點奪口說出。

我一直跟住他，牠不時回轉頭來警戒我，終於我看見牠跳進了一家大醫院裏。

我安心之餘，突覺肚子餓得很，順路去市場喝了一碗豆漿。然後踏上回家的路。

我從旁門進去,還沒走到廚房門口,冷不防當頭劈來一句話:「沒有剩飯了!出去!出去!」

她是誰?我想，她闖進我家裏，竟敢揮手趕走我這個戶長。要得!我沒有糊塗到找錯自家門呀!我狼狽一陣,只見她臃腫的身子慵懶地一抖,似乎要抖光每塊脂肪似的說：「一粒不剩了!」

「這明明是我的家呀！」我一面想，一面走上去，兩隻脚酸溜溜的。

「妳，這還像話？」猛地傳來了妻氣憤的怒聲，她剛從內房走出來，一步一步逼近著那女人，而那女人面孔蒼白，全身直抖著說：「這是誤會，小誤會！」她那狼狽的情形比我更糟。

她不由自主地穿上高跟鞋，就要走出門去時，阿婆正巧進來，連忙擋駕她說：「太太，我剛蒸著油飯，吃點再走！」可是看她滿面臭氣，終於莫名其妙地放她走了。妻的怒容立刻轉變成爆笑。「她是小姐呀！」妻忍不住一笑再笑：「是同學會的主席，寶貝賞了她一泡尿的！」

說眞的，這一天什麼都不對勁。我沒有料想到我所穿的這一件破舊的衣服，會被人家當做乞丐看待。嬰孩已先我回到家裏，她的小銀十字架做了指南針；我們却得罪了送主，而且她不會再送狼狗給我們的嬰孩了。

張三的該給張三，李四的該給李四。看呀！我們窮得這個樣子，而且寶貝又不是小子，阿婆嘮叨著要蒸油飯慶祝呢！不過，寶貝回了家，倒是値得慶幸的。

土地公的石像

一

他是老人，長年雕著石頭，滿頭白髮埋在石堆中，好比偷生的白蘚苔。他蓄著一撮斑白鬍子，長及肚臍。孩子們喜歡他，也喜歡聽他的故事。不知打什麼時候起，街人叫他「石伯仔」，但是石伯仔並不姓石。

永生石工行在舊街的「Y」字路角，行址呈著菱形，鋪面朝著兩條街，剛好是菱形相接的兩個邊。鋪前陰溝邊長著一棵楊柳。靠旁有個水門汀水槽，鋪裏壁邊堆積的墓碑和石像，經年蒙著一層厚厚的灰塵。

因爲鋪子狹小，工作或接客時，也就不得不在柳蔭下。石伯仔也時常在那裏給孩子們講故事。當上下學的孩子們經過那裏時，便停住了脚步，眼睛大大的望著他雕石。石伯仔不會使他們呆下去的。他執著槌子的手一晃，乾皺的嘴唇翕動一會，才說：

「去！上學去！」

「講個故事，石伯仔。」孩子們說。

「不念書不行的，看，別的孩子比你們都聽話。」石伯仔一面說，一面晃著槌子：，槌子晃得快，話說得慢：「去，上學去！故事，回頭講。」

孩子們下學了，又糾纏著要聽故事。石伯仔抬眼一看是早上那些孩子，便放下鑿子，只拿著槌子，一隻腿騎過石碑，與另一隻合攏起來，手擁抱著膝蓋，會心地笑道：

「你們曉不曉得土地公和土地婆的故事？」

「不曉得！」孩子們說。

「你們吃得那裏的飯呀？怎能不曉得咱們鄉土的故事？」

「曉得又怎樣？」一個問。

「值得給他——」

「給他什麼？」另一個問。

「兩毛錢買烤薯。」

「才不給你騙！」先前那個說。

「我，石伯仔說過謊話嗎？」

孩子們面面相顧，眨眼示意，於是齊聲說道：「沒有。」

「那就講呀！」石伯仔不知底細，等得好不耐煩。

「你，小龍頭講吧！」孩子們催道。

「好吧，」那名叫小龍頭的鼓著嘴接下去說：「從前有個地方，往著一對老夫妻，男的叫做土地公，女的叫做土地婆。土地公心地好，想使百姓貧富平均，和平安樂，土地婆心地壞，想使富人更富，窮人更窮，不但要兒子娶富家女兒，並且要女兒嫁給富家子。他倆死後，百姓爭著祭土地公，却沒人要祭土地婆了。」

「聽誰的？」石伯仔說。

「你呀！」孩子們大聲叫道。

石伯仔的嘴唇翕動一陣，話還沒接上口，却換了一臉莫名其妙的苦笑。只見他那烏洞洞的牙牀，顆齒不留。

二

孩子們吃罷烤薯，鬨然地跑走了。

石伯仔目送他們走後，便拿起鑿子和槌子，又開始雕墓碑。他的腦袋微微偏右，眼睛炯炯發光，背樑向前彎曲著，瘦長的兩隻腿張開。鑿子砌下去時，碎屑飛起。

「趕什麼工呀?阿泉。」這聲音從街上傳來,只見一個戴黑框眼鏡,肚子鼓得大大的老頭子,腋下夾著幾本書,走向石伯仔身旁來。他把一隻手指支著眼鏡的鼻骨向上一挪,凸著嘴驚叫道:「那是什麼?天呀,是你自己的墓碑!」

「用不著大驚小怪,周老師。」石伯仔說著,手拿槌子平靜地站起來。

「將來有人會說,躺在那塊地下的是邱阿泉,俗名叫做石伯仔,那墓碑是他自己雕的,這不是很寫意嗎?」

「我偏不喜歡你說那種話。」石伯仔習慣地晃著槌子。

「說儘管說,可要當心你的槌子,」周老師笑了笑,提醒地說:「別敲到我的腦袋。」

「才不會,」石伯仔一笑,放下槌子,指著柳樹旁的小凳子:「坐吧,我去弄一杯冷開水,你知道沒有熱的。」

「別忙,我就要走,」周老師接著低聲地說:「聽說有人想出高價收買舊街開工廠。」

「我石伯仔沒飯吃,也不會當地皮賣家屋!」

「當然啦,誰肯出賣祖公呢!吃到老,活到老,什麼都不對勁,現在你還希望什麼?還想做什麼?不過盼望孩子孝順,享點清福罷了。」

「不是,才不是,」石伯仔搖搖頭說:「每天臨睡之前,便聽見有種聲音說:『阿泉,你這一輩子白過了!』近來,那聲音却像影子一樣緊隨不離!」

「到底你想什麼？要給太陽鑲上一個黑點嗎？那是不可能的！」

「我要雕一座石像，土地公的石像。」石伯仔像小孩子一樣的興奮：「我要雕的，是一位神，它不同於人，它不是穿著神袍的木偶，它從頭到脚都是神。」

「天知道，你雕夠了，阿泉。」

「不，那全是騙孩子的古董！剛完成時，還可以看一看，但過些天，就覺得鬼不像！」狂熱藝術，比酗酒更壞！周老師心裏想著。石碑、石像是否也算得上藝術？當然，那是民間藝術呀！當墓碑雕好以後，瘋人般的生活便要開始了。他不像是生來當老闆的，只配做石匠，頂好的石匠，却是頂糟的老闆。

「有什麼不對嗎？」石伯仔凝望著周老師不安地問。

「噢，沒有，我想我老了，走路都覺吃力。」

「我雖然是老定了，但一息尚存，我不會放棄嘗試的。」

「你會的，我知道。」

周老師拍拍石伯仔的肩膀，告辭走了。他矮胖的身軀走得很慢，來到路旁的古井邊停下脚步喘著氣。那裏是新舊街的交接點，上去便是新街，下來便是舊街。這時，他忽然想到了什麼似的，趕回石伯仔舖裏，衝口說：

「阿泉，阿甜回來啦！她的兒子轉到我班上來了！我忘了告訴你！」

「什麼?」石伯仔摔下工具，霍地站了起來，刹時惱怒的神色佈滿他的面孔，他聲色俱厲地說：「回來得好!」

「怎麼啦?」周老師不安地問。

「我倒要看看她怎樣跨進門檻來!」

孩子轉了學，自然是久居之計了，石伯仔想，難得她想回故鄉。棄家出走十年，現在她回來了。她孩子時倒是頂乖的，誰知一走走上了歧途。「是你自己不對，」他責問自己說：「到底你盡了多少做父親的責任?」

他還依稀記得在城郊青草崗的那些日子，有隻喜歡東奔西跑的年輕的牝羊，牠的身後老釘著那隻長鬍子的父羊。陽光照耀著大地，高風吹拂著草圃，槲樹的黃葉飄落，那時是初秋，正像今天一樣天高氣爽，那種情趣和雰圍，足使所有的庸俗雜念盪然無存。

周老師辭別石伯仔後，在新街的一幢樓房找到阿甜。她有三十歲了，身材不高不矮，穿著黑綢旗袍，佩著一對銀耳環，一身珠光寶氣，看得出是準備上街。

「去哪裏?」周老師心急地問：「我不擋駕妳。」

「這時候，酒家女該上哪裏，你知道的。」

「如果要去找妳父親——」

「我有什麼理由去找他呢？」

周老師嘴巴張得大大的望著她；她低垂的眼瞼掩蓋著上半個眼睛，當說話時自會翻開來。

「告訴我，他是不是還在生我的氣？是吧？」她不忍看周老師氣慍的面孔，低首忸怩地說。

周老師默不做聲。

「不怪他生氣，我敗了他老人家的名聲，十年了，他不知道小龍頭是孫兒；小龍頭也不知道他是阿公，揩他的油，還笑他的迂，小孩子是坦白的，我們母子倆都不孝得很，你有什麼話說？」

「他正在雕他的——」周老師沒有說出「墓碑」兩個字，卻換了口氣說：「他想全力雕土地公的石像，一座偉大的土地公石像，天知道，他生意並不好！」

三

那個星期六的黃昏時分，忽見一輛裝運笨重巨石的大牛車，在街人驚奇的目光下，拖著細長的影子，駛過街道去。嵌著鐵框的木輪子碰著碎石路嘎嘎地響，衝割著天空像打雷。板車前面有兩付木架子一長一短，兩條強壯的黃牛一先一後，背脊各套上一個木架子；猛喘著氣，嘴角噴著白沫。鞭子疏疏密密地落在黃牛的身上。

走過新街，駛進舊街，到永生石工行前面時，隨車工人揪住牛繮，連吆喝幾聲，纔勒住了它。

石伯仔驚喜交集，打發人找了十來個壯丁，幫忙卸石。這麼大的一塊頑石，要放在那裏呢？衆人認爲屋外比較妥當，但石伯仔堅持要搬進舖子裏。有人拿尺子量它，才知道縱九尺，寬五尺，厚四尺，整個舖子剛好容納它。於是他們先把舖裏原有的石像和墓碑全都搬出，然後在地板上橫鋪數根枕木，這才把頑石推上去。結果門限摔壞了幾塊，通進臥房的路也堵塞了，頑石的一個尖角比門檻突出半公寸，所以有一扇門板只好關八分算了。雖然如此，石伯仔仍覺得很滿意。

第二天早上，小龍頭上學經過舊街，一望石工行，便覺得有點異樣。他從僅開了二分的門隙探望著，只見石伯仔背著菱角牆的空地坐著。鼻尖幾乎觸及頑石，臉情莊重得像個念經的老和尚。

「那塊大石頭做什麼?」小龍頭問。

「雕土地公的石像呀!」石伯仔回答。

第三天。

「石伯仔，生意不做了嗎？」

「不做了，小龍頭。」

第四天。

「石伯仔，闔著眼睛想什麼？」

「想土地公呀！小龍頭。」

第七天。

「爲什麼不開始雕呢？」小龍頭說。

「在養興哪！」石伯仔說。

第十四天。

「別偷懶呀，石伯仔。」

「急不得的，小龍頭。」

第十五天。

「石伯仔眞的整天坐著不動嗎？」小龍頭問。

「是的，」石伯仔說：「我最近才知道，我一輩子學了又學，練了又練，原來是爲了雕這一座石像呀！」

石伯仔是在市場裏包飯吃的，市場離得很近，只要穿過屋後那條窄得僅可以容身的小巷子便到了。飯舖的老闆奇怪他很久沒來吃，便找人去看他，那人回來說：

「石伯仔成仙了，這幾天來一粒飯也沒進啦！」

「他絕食了嗎？」老闆問。

「不，他沖白水吃饅頭呢！」

老闆數一數賬單，結了賬，把沒吃的份換算錢，交給那人說：「這個拿去給他。」那人躊躇了一下，說不吃不能退錢的。老闆拍肩對他說：「看在土地公的面上，咱們退還他。」

這之後的一個月裏，頑石仍舊一鑿未動。石伯仔越坐越僵。他對於一塊頑石的存在感到無上的偉大與莊嚴。他早晚焚香沐浴，一天又一天，虔敬靜謐的心情油然而生。

從燈泡壞了以後，他就一直點燃蠟燭，頑石在熠熠燭光下，越發顯得光滑晶亮。這是一塊最適合雕刻的青石，是從千千萬萬的青石中揀出來的，他要賦與它形相和生命，其實形相只是瑣事末節而已，主要的是賦與它生動的氣韻。

有時，石伯仔恍惚睜開眼來，發現自己膝邊放著三兩個饅頭，拿在手上還有點熱，他猜想是鄰居施捨的。他事先從沒有預想到面對頑石會這樣遲遲不敢動手。這算不算蹉跎歲月呢？不！等到創造的意慾像萬馬奔騰，不可遏止的時候，他的臂腕必會自由自主地活動下去。這時候創造可說大半完成。他忽然想起父傳的「柴櫃」，那裏面可能有一些古裝。當他父親留給他這些「古董」時，看他滿面不屑一顧的神情，就說：「如果嫌它舊，不能全部接受，那麼就接受一部份吧。」他總算要接受一部份了。

四

「他腦子裏只有土地公的石像，」周老師淚水縱橫地告訴阿甜說：「這幾天半個饅頭也沒進，臉孔消瘦多了。今年冬天特別冷，總覺得比去年不好過，我比他年小一兩歲，却已隱退在家裏養老，別那樣嘔氣，聽聽老人的話也無妨吧。我靠的誰扶養呢？養子哪！」

正在說時，樓梯忽然傳來急促的踏步聲，人沒見，却聽見聲音說：

「媽，土地公是什麼樣的？個子高不高？他戴什麼？穿什麼？」是小龍頭，他背著書包闖進來。

「他也土地公，你也土地公，」阿甜緊皺著眉叫道：「問它幹什麼？」

小龍頭一見周老師，磕了個頭，笑臉叫好，然後像害怕碰到膿包似的走過阿甜身邊，放下書包，便不聲不響跑了出去。沉默一會後，周老師說：

「妳可知道他膝邊的饅頭是誰給的？」

阿甜搖搖頭。

「小龍頭呀！」周老師低聲地說：「他知道是阿公嗎？」

「我從不想告訴他。」阿甜淚聲地說：「他自小就有蓄錢的習慣，他知道我操著賤業，有時他看著我——，用另一種眼光，好像看著一條骯髒狗，他遲早會離開我去的，一想到這，我實在受不了！」

周老師走出阿甜家時，已是華燈初上。冬風揚著沙塵。他舉步蹣跚。

「周老師！」背後冷風送來了溫暖的叫喊聲音，他曉得那是誰。

「什麼事？小龍頭。」他掉回頭說。

「小孩子跟大人吵架，你說那一個贏？」小龍頭劈頭就問：「大人，還是小孩子？」

「這要看那一方對。」他們一起走著。

小龍頭不意瞥見新街彎角的那家酒樓，耀眼的霓虹燈，活像冰箱裏的五色冰棒，他想那些來去晃動如幽靈的油頭，終有一天，會像冰店裏那些貪吃甜頭的蒼蠅給凍死在那裏的。

「如果那大人是自己的——」小龍頭沒說完，頓了一頓，周老師停住脚步接腔說：「你是說像母親或父親，對嗎？」他看著小龍頭頷首，便又說：「我知道你有難題，不是算術的公式可以幫助解答的，古代到現代歷史上有很多例子，比方說鄭成功，噢，講歷史你還嫌早，是嗎，那麼就說菩薩吧，菩薩教人孝道說，一切都要順從父母，不問你對不對，總是你不對，如果你對父母不孝，你的兒子也必對你不孝，善有善報，惡有惡報，因果相應就是說的這個。你今年才幾歲？九歲。天哪，還不懂！不會懂的！舉個淺近的例子，就說身邊的吧，比方說你媽對你阿公不——啊，不對，不對，我的嘴說滑了。」

「對的，周老師您對的，我早就知道。」

「你知道？打那裏聽來的？」

「搬來這裏沒幾天，就有人欺負我，罵我是『盜客兄』的狗兒子，我不明白，回來問媽，媽說罵人的人是不擇話的，後來有一次看了媽的身份證，她回答說和阿公同姓同名的多得很，剛才聽您們說，石伯仔是阿公。」

「你聽見了？」

「是的。」

「你胡亂闖進大人世界，不怕給老虎咬傷？」

「老虎只肯咬小人和壞人。」

「那是故事呀！」周老師撫摸一下小龍頭的頭，叮囑他回家：「去念你的書吧，把功課做得好，就是孝子呀！」

「周老師，土地公到底生得像什麼？」

「是個高個子的老伯伯呀，鬍子長長白白的，時常穿著一件大衣，頭包著藍頭巾，手裏老帶著一隻彎頸手杖，他出生在一家土豪家裏，性好善，見了窮人就接濟，碰到善人就獎賞，他喜歡孩子，面孔慈祥，就是頂兇的野狗見了他，也像花貓一樣馴服。這樣夠了吧？再見了，回去做功課呀！」

但是，等到周老師彎過街後，小龍頭却直向著舊街奔去。

五

阿甜淚眼模糊地移著沉重的步子，冬夜的寒風很冷。小龍頭失蹤了，遍找不著，新街的每一個角落，凡是人們能去的地方都找過了。她的脚不知不覺轉向著舊街——。

舊街，在外形上相當於這鄉城的股肢，低簷的古式紅磚平屋，屋頂有兩個小天窗，每塊屋瓦上面壓著小石頭，廚房凸出的方煙卤短而粗，這些規式齊一的老屋，在橙黃的燈光下，清清淡淡地放散著古老的遺味。

阿甜並沒有完全忘掉生家，只是強抑著不想而已。那間石工行雖然很小，但却是她兒時生長的地方。那熟稔的碎石街道，那蓋著木板的古井，那盛滿清水的水門汀水槽，還有旁邊那迎風蕩漾的柳絲，即使在星夜裏都能像在光天化日一樣看得很清楚。看，還有天上那些恆沙似的星星！高興時就繞著古井跑圈子，不高興時就向古井裏投石頭，那種生活離她指尖該有多遠？

當出走以後，曾經遭受過多少欺負、奚落、敲詐、譏諷；當有了孩子以後，這些多多少少都在孩子身上找到了出氣。石工行就到了。她拭去了縱橫而流的淚珠。門還開著半扇，燈光晃來晃去。她沉重地移步向前。從板門邊伸頭一看時，不禁怔住了！那是一個奇異的場面，像舞臺上所看到的一樣——一個衣冠楚楚的土地公，正在對五個穿古代童裝的孩子講故事。他們都擁坐在一塊大頑石上。

「有一天晚上，村莊有間房子失了火，婦孺哀叫著。土地公披上一件大衣，正要奔出去，土地婆喊住了他，但土地公沒有掉回頭來。當他奔到出事地點時，房子燒光了，那是一間矮小的茅屋，丈夫遠出行商，只有四個小孩子和一個病弱的妻子在家，幸好及時逃了出來。

土地公以同情的目光看著他們，脫下了他的的大衣給他們，然後帶他們回家，開了倉房安頓他們。於是，一滴又一滴的眼淚從那婦人的眼睛裏淌下來，當她知道土地公有個孩子快要死的時候——」

石伯仔說得很慢，每一句話，都像是一幅鮮明的圖畫展在眼前。

阿甜並沒有把故事完全聽進去，因爲她虎眈眈地看著那些孩子，一個一個仔細看了幾遍，但是五個全都不是，心慌了起來，這時故事剛完了，正當她想招呼時，石伯仔已經發現了她，驀地站了起來。她不覺一怔，閉住嘴，後悔來找他。但不知爲什麼，這念頭瞬即消逝。

「阿爸！」阿甜喊著，但見石伯仔在打發孩子們，並沒有回答她。

孩子們走了，石伯仔仍站在原處，像隔著霧窗透視遠景一樣；阿甜那低垂的眼瞼映入他眼睛裏，乃使他覺得它的可愛，而未被眼瞼掩蓋的下半截眼睛，却脈脈含著無限情意。她並未踏進門檻來，勁風吹脹了她的圓花裙。石伯仔懷疑是亡妻的再生，揉了揉眼，擺了擺頭。

「回來得好！阿甜。」石伯仔的語氣有力，但意外的溫暖親切。

「阿爸。」她喊著，跪了下去，眼淚却潮湧似地滾落。

直覺告訴她他變了，而且變得那麼多，全都超出她的想像以外。石伯仔頭上包著藍頭巾，穿了一襲舊毛大衣，拿一隻手杖支著身子，鬍子白而長，活像個土地公。他爬過頑石背上來，默無一言的牽她站了起來。好像說：「我饒了妳。」

「我在找小龍頭。」她一個字一個字說出來。

「小龍頭？」石伯仔訝然地想著，慢慢的，嘴角堆砌出一片諷笑，接著噗嗤一笑：「他是我的孫兒？這可眞妙透了！」他反覆說著這句話，但他馬上發覺她慌張憂愁的神情，便一本正經地說：「他回去了，大概半點鐘以前。」

她聽罷唐突地說：「回頭見您，爸。」便緊步朝著原路回去。

石伯仔怔怔地望著她拖長的身影，忽覺一片淒惶的陰影翳上心頭。他坐下來，但心情浮動不定。他闔上眼睛，水綠的青草崗清晰地浮現出來：一株歷盡滄桑的老榕樹下有座簡陋的土地公祠堂，祠堂裏奉祀的是一塊修長而扁平的石頭。青山碧天簇擁著祠堂。祠堂背後有塊大雲如人身，而人身恍如背著祠堂。這一下，他揪住了刹那間的倉促靈感。是的，我們一代一代都是背著神的鏡子走過來的，如果人不存在，神是否存在？土地公原來是人呀，何不把它雕得像個人呢？這久來爲什麼不曾想到這一層？

這時蠟燭燃盡了，週遭突變得一團黑漆，他取下玻璃框燭臺，劃了一根火柴，重新點燃一支又放上去，忽然在頑石頂緣發現了一個黑髮的少年的頭。他駭異地爬過石上去，輕輕搖醒他。正是小龍頭，睡眼矇矓地醒來，拿手背揉揉眼睛。

「小龍頭，你媽找你找得心都碎了。來，我帶你回去！」

「不，不回去！」

「爲什麼？」石伯仔笑瞇瞇的，把兩隻手搭在他的臂膀上搖撼一下。

「媽說要搬到別的城裏去，但我不要，我喜歡這裏，你說我應該跟她走嗎？」

石伯仔點了點頭，和藹地笑著。「如想做一個乖孩子，就該聽媽媽的話。」他說時仍很慢。

「等到我長大了，我會來看你的，石伯仔，我要一個人來看你，要一個，因爲我喜歡你！」

石伯仔熱淚盈眶，情不自禁擁抱著他。

「我的好孫兒，」他迷迷糊糊叫著：「我可不放你走呀！」

六

這一天，阿甜和小龍頭都搬回家來，與石伯仔生活在一起。新街使人眼花，舊街使人腦惛，於是石伯仔提議搬回青草崗去。那裏還有祖傳的田莊，還有那一味鍾情阿甜而誓不娶妻的阿戇。

阿甜提議把店舖送給周老師，因爲他爲了採購頑石花去一筆很大的錢，如今地皮貴得驚人，賣不賣就由他自己去決定。

這些計劃等到石像完成時，就可以一一實現了。

當楊柳剛抽出嫩綠的新芽時，石伯仔開始動手雕他的石像，因爲這已經到該雕的時候了。他工作得非常起勁，所以進度很快。兩隻臂腕像有千鈞萬霆的力量，渾身却像原子爐迸出源源滾滾的熱力。他疾揮著槌子，使勁地一槌槌打下去，血絲滿佈的眼睛炯炯有光，但除了一塊頑石，一把鑿子，和一把槌子以外，却一無所見。

他相信，一座偉大的土地公石像完成的日子不會很遠，也許在春天過後，也許還要長些。

牧羊女與我

我第一次遇見牧羊女，就在劉大媽屋後的小山上。我擺著畫架，拾著殘陽的餘暉，為一座失修多年的廟堂，趕繪著素描。

「那頭石獅太大，這條龍神又太小。」

不知什麼時候，我身後站著一個十歲大的少女，長得又矮又胖，面孔肥圓圓的，滿身衣服打著補釘。她稚氣地批評它說。

「小丫頭懂什麼？」我不服氣。

她把嘴抿得鐵緊的，回轉身子，趕起羊隻，揮手喊道：「嗨，跑呀！回家去！」人羊並馳。轉眼間，他們橫過晒穀場，奔進一條小巷去了。暮色罩住了視野，我彷彿在黑暗的水裏仰泳。

第二天早上，我要趕回城裏，在往車站的路上，又碰見了牧羊女。她和羊兒們在一排槐林下玩耍。這邊一隻懷孕的母羊被縛著，不住地跺脚，咪咪地叫。牧羊女半跪著，喃喃自語：「妳喜歡和小羊在一起嗎？這些小羊眞淘氣！牠們會使妳氣瘋的！」忽地，她向著一隻小羊衝過去，小羊一驚，拔腿瞎跑一陣。牧羊女急起直追，好容易逮住了。她把牠與母羊縛在一塊，玩賞著牠倆聚首的樣子，心裏高興萬分。

我遠遠望得出神，直到一道吆聲——好像來自樹後，把我驚醒過來。

「死丫頭！」那是一個光頭粗漢子，他手裏的鞭子對空揮擊，嘶嘶發響：「牠有孩子，叫妳不要驚動牠，說到嘴乾舌爛，還不懂？」可憐的牧羊女，身受毒打，竟不出半點哭聲。鞭子折成兩段。那人丟掉它，舉腿亂踢。

我不忍卒睹，正想挺身勸阻時，忽然有一隻手緊緊挽住我。

「不要多事，阿玲，」劉大媽臉上浮著兩絲淸淚，她遞給我那張廟堂的素描：「妳忘了這張。走吧，不然妳趕不上火車。」

在車上，我拿出那張繪畫凝視著，心裏猶有餘悸。啊，現在我看出了，那頭石獅太大，而這條龍神又太小。

「牧羊女沒有爸媽，」第二個假日我再來時，劉大媽告訴我說：「她是由一個賣小藝兒的老人帶來的，老人是她的遠房親戚，不知什麼鬼主意，把她賣給彭家，顧自跑走了。」

「我也沒有爸媽。」再次看見牧羊女時，我對她說。

她張著嘴巴，疑信參半地端詳著我。

「沒有爸媽的孩子最苦。」我把兩隻手搭在她的雙肩上：「看，妳的衣服又破又髒。」

「妳說什麼呀！」她裝著聾子。

我重複說了一遍。

「我的衣服髒，可是我的心不髒。」她停頓一下，又說：「心不髒就是人上人，老伯伯說的。」

「老伯伯是誰？」

「我的親戚，賣小藝兒的——」

我們的談話就此打住，因爲彭家主人來喊她回去。

有一次，我帶了玩具給她，是一輛會跑的小汽車。意外的，她沒有伸出手來。

「妳喜歡這嗎？」我高舉著玩具說。

她搖搖頭，把手藏在背後。

「那麼妳喜歡什麼？」

她笑瞇瞇地指著槐林下閒躺著的羊隻。

「噢，妳喜歡羊。」

「我——」她躊躇一會後，悵然地說：「早上死了兩頭羊。」

中飯後，出門散步，她正抱著一隻母羊往河裏拖。母羊四蹄牢釘著軟濕的隄岸，伏著身子，不肯下水。

「乖乖，下來！」她像哄孩子似地說：「把身子洗乾淨，小羊們就不生病了。」

人和羊像在拔河賽，母羊終於掙脫了。我應聲喊捉，擒回來推下河裏，水濺得我全身透濕，脚也踩進水裏。牧羊女笑得掉下了眼淚。

這個週末，我帶了舖裏買來的兩頭羊——玩具，冒雨在槐林下等到正午，可是沒有看見牧羊女。我失望地來到劉大媽家裏，她在門前迎接我，駭異地指著階前。那裏用磚頭歪歪斜斜寫著「再見」兩個字。旁邊牆角有那輛汽車玩具，半嵌在泥土中。

立刻，在村落東隅，我找到了彭家。只見那個光頭大漢從階臺漫步下來。他不待我開口，便放聲一笑。

「我老遠就注意到你了！」他說。

「我找牧羊女。」

「那妳會失望的！」他冷笑：「我把她賣了。」

「你幹嗎賣她？」

「噢，」他兩手叉著腰，露出一副兇臉：「假使妳有一隻羊，妳靠牠吃飯，有人給妳活活打死，妳說呀！妳該怎樣對付他？」

「她不會打死牠！我敢說——」

「可是牠死了，小丫頭把牠放進水裏；羊怕水，天知道！」

我頹然而返。雨變得細小，像細小的針，一根根穿戳我的心竅。前面橋中，村人圍看著一個路死的老人，他旁邊堆散著潮濕而破舊的賣藝道具。

「他是來贖回牧羊女的，警察從他口袋找出了一疊鈔票。」有人說。

「不，那是他偷來的，他要不死，只有上監獄一條路了。」又有人說。

「小丫頭這次給賣到哪裏呢？」有人問。

「不管到哪裏，反正跟咱們同在地面上！」

「我的女兒看到她身上藏了一把刀，我想她不想活了。」

我悵惘地走開了人群。雨已止。仰頭，東空邊掛了一條彩虹，好似仙宮玉橋，牧羊女的倩影由橋這邊慢慢上升，變成片片絮雲。

英文教師

久旱不雨，稻秧枯死了，今年的一期作，準是揷不成了。大家都爲生活問題而擔憂；如果沒收成，什麼都完了！

這個村莊，死氣沉沉的，連那些最愛乾淨，最愛冷水浴的大白鵝，也蓬著骯髒的毛羽，排成一條蛇隊，像送殯的行列，垂著頭在池邊徘徊。池早已乾涸，池牀龜裂，翻起一層土皮，又薄又縐，像蛇鱗片片。

在這發白的池底，映出了一個細長的人影，癡立不動。一隻公鷄走來，啄到頭部，便亂啄亂挖，挖出一條死的小「臺灣鯽」。那人把頭一偏，魚在日光下，已給扯碎了，爛腸狼藉，像人的腦漿。

那人名叫姚明，以前在英專讀書，畢業後，當過英文教師。但自從家道中落以來，便辭職還鄉，幫老父的忙，耕作僅餘的一些田了。如今沒雨，田裏事情沒有了，閒得慌，出來散步。

這天上午八點許，他又來到池邊，照常想得出神，但，仍想不出辦法。這當兒，忽然看到鷄啄他的影子蓋著的土，就像啄著他的頭腦似的，使他感到一陣頭痛。

他一轉身，沒頭沒腦地走了。池底那些爛腸，像是他遺棄的腦漿，再不適用了。

走到柳樹邊，他撿起了一本書，記得是昨天遺忘了的。那是精裝的「戰地鐘聲」英文本。他胡亂翻了幾頁，就「拍」地闔起來。那些橫寫文字，宛如一道電流，直傳入全身；至少，他是受得住這個的。現在，的確在一般人眼中，它是非有不可的了。

他的眉梢鬆了，面孔潤了，步子也輕了，趕忙奔進家，整裝搭車，向城裏進發。

不多時，到了車站，買一份報紙，邊走邊看。廣告上盡是徵求英文教師的字樣。開頭一則，地址是站前二三號，而眼前那家就是了，不必細讀別的什麼。這眞是個好日子，萬事皆吉。

僕人領他上樓，進了寫字間。桌上、壁上貼滿西洋女郎的裸體照片，有些一絲不掛，教人不敢正視。

約等了一刻鐘，年輕的主人穿著紅花邊的睡衣來了，向姚明打量一番，帶著責備的口氣說：

「你不會是女士吧！」

「女士？」姚明看看自己，莫名其妙。

這時主人又說：

「你看過早報沒有？」

「看過了。」

「請你再看一遍。」

姚明攤開報紙，哦，糟糕！啓事裏，「教師」上頭，分明有個紅印的「女」字。

姚明滿面尷尬，下了樓梯。背後送來一串冷笑。

不多一會，他來到城郊一家別墅式的洋房。房後有樹，幽靜極了。陽光晒在百葉窗，晒在門階打盹的棕哈叭狗上。姚明眼花了，如置身在異國情調中。「多舒服呵！」他想。

他按了門鈴。開門的是一個黑髮、黑眼、矮個子、黃皮膚的女人，招他進房，自說是房主，女傭剛出外去了。

坐定後，姚明述明了來意。

女主人頻頻點頭，笑道：

「我知道的，我一見你，就猜著了。」

「你倒很像美國人，」女主人接著說：「我從沒有碰見一位像你這樣配得上教我兒子英文的人，因此，我十分滿意。」

姚明又驚又喜，抬頭看了一眼女主人。女主人背後懸著一具鏡子，照出姚明的面龐。於是，姚明在鏡裏看到了自己——稍平的鼻子、深黑的眼睛和黝黑的臉。心裏自問：哪裏像白種人？

忽然女主人問道：

「你出過國嗎？什麼時候？」

「沒有。」

「請別客氣！」

「眞的沒有。」姚明悄然的說。

「美國、英國、法國、德國、甚至於日本，」姚明只是搖頭，而女主人的眼睛越說越圓了，最後失望地說：「你都沒到過？」

姚明靜立起來，慢慢走出門去。女主人道了歉，送出他，倚在門邊自語道：

「多可惜！好好一個男子，沒機會出國；海兒是準備出國的，他需要找留過學的才行。」

姚明聽了，沒有回聲，只默默地走著，心裏鬱鬱不樂。

不一會兒，他又找到一家了。那是日式舊房子，窗口傳來留聲機高唱的日本歌曲，男歌手的歌聲異常嘹亮，而依稀聽見女人的陪唱聲。低伴高，輕攙重，倍加動聽，招徠些行人，都駐足傾聽、欣賞，像在歌頌黷武者的功德。

姚明在門前徘徊了很久，最後才鼓起勇氣進去。音樂戛然而止，出來的是一個中年婦人和一個妙齡小姐。

話題很快就斷了。意外的，又是落空！姚明蹣跚地走到街上。是鬧街，酒館、菜館、戲院、醫院……什麼行業都有。但他再無心去看了，眼幕浮動著剛才那小姐的倩影，——如同愛神維納斯的浮雕，只多了一雙完整無瑕的手臂。她確實不錯，——頭微揚，抬起纖手，微帶倦容，掠黑髮。多甜！多俏！可是馬上又心灰意冷了，耳邊，中年婦人的聲音還在響：

「姚先生，你太年輕了，我們很抱歉。我，倒是不在意的，可是她爸不肯，一定要年紀大的——」

忽然，他的手臂給一個人捉著了，轉頭一看，身邊站著兩個人。一個高，一個矮。捉手的是矮個子的人，他微微笑，擺擺手，不住地說：

「先生，你好，好久沒見你了。」然後用流利的英語，對他那高個子的美國朋友說：「他是我英文教師，姚先生。」再轉身說：「包克少校，顧問團專員。」

姚明遲疑了一會，才說：

「噢，是楊化嗎？你可變了！險些認不出來嘍！」

那矮個子掠一掠染黃了的頭髮，點頭一笑。

笑了一會，三人走進一家酒吧，每人喝了一杯啤酒。楊化不過癮，提議喝威士忌，姚明心悶，便滿口同意了。

女侍應生說：威士忌是奢侈品，如今政府為爭取外匯，不准進口，無法照辦了。

楊化聽了不滿意，立即去見了老板，把嘴巴湊近老板耳朵邊，不知說了些什麼。

老板笑了，拍一拍楊化的肩，說道：

「得啦，得啦！好朋友，不必拘禮啦！」

楊化回到座位上，對少校霎霎眼睛，少校也回他一個鬼臉。

老板親自拿來了一瓶酒，一面用乾布擦，一面指著瓶上的商標，裝作要撕去。楊化對他頷頷首。

老板低聲地說：「這也算奢侈了吧！」便撕掉商標，揉成一團，向屋角的字紙簍擲去，不巧得很，碰到牆上的宣傳單，又彈回來。他瞪著單上的紅字：「勵行節約，人人有責」，禁不住苦笑。

電唱機不停地播出「快樂的聖誕節」歌。大家都有點醉意了。

少校起了身，獨自合著節拍跳圓舞，跳進女侍群中，胡鬧起來。

楊化看他離座，就用國語對他的老師道：

「你看他很得意了吧？這也難怪，他們隨便到哪裏，哪裏就是樂園。」

「國家強盛，就到處有人歡迎了。」姚明說了，歎了一口氣，接著道：「恨不得咱們一天強大起來，作頭等國民；只要不被人家欺侮，儘夠了！」

這時，電唱機還播著「快樂的聖誕節」歌。

少校被大群女侍擁抱著，無法突圍出來，裝模作樣地嚷道：

「密司脫楊，解救我吧！哎呀，我快溺死了！」

「讓他去吧！」楊化輕聲說了，站起身，一面揚手，一面用英語回答說：「很好，少校先生。祝你永遠快樂！」

楊化坐下。停了一會，姚明開口問道：

「你現在是少校的翻譯……」

「不是。」楊化連忙插嘴說：「他請我教中文，一週只上六小時課；美鈔拿得並不多，換了臺幣就值錢了。」

「好是好，要賺，可不容易哪！」

「不見得吧！我既然作，先生更加有資格作了，我替你找個位子，好嗎？聽說先生在家閒著——」

「慢慢來吧！」姚明連忙搖手說：「我還沒考慮這個呢！」停了一會，又說：「不，我想，我一輩子不再靠英文掙飯吃了。」

姚明說罷靜立起來，踱到門口，佈置花樹的地方。不遠的地方好像有座銅獅，安置在石几上。

人遇苦或失意的時候，容易想起媽和家。姚明正想著爸和家。姚明媽早死，如今老父取而代之了。老父很疼愛姚明，可是天下父親終是心軟口硬；他一鬧脾氣，便破口道：

「早知道有今天，就該讓你學生意了。讀了一輩子書，變了書呆子，頭腦不靈、身體不活，反倒學得一副君子氣，哪能跟人家爭長比短？唉，時代變了，人也變了！百無一用是書生倒是實實在在的！」

年輕時，血氣旺，姚明曾立志要作大事業。如今，一年比一年失望，一月比一月消沉了。事業的夢想早醒了，書生氣味還在，哪能跟人家爭口氣？唉！哪能跟人家爭口氣呢？在這畸形的社會裏。

他不知不覺走到銅獅邊，輕輕地撫摸它，懷著無限傷感和哀憐。

那獅的頭大，身重，眼睛是緊閉的，嘴巴是啓開的，屁股是渾圓的，光露著牙爪，把頭埋在前肢，安祥地睡著。緊隣，無數螞蟻在挖土穴，老早在準備冬眠。

他感到眩暈，幾欲倒下去，向來他患有貧血症。

這時，楊化和少校來找他，說須趕一場宴會，要先離去。姚明不想呆在那兒，隨兩人走出來。

分手時，包克少校很懇切地說：

「姚先生，你的臉色不很好，你應該調養一下，要講究營養，就會康復如常了。」

「謝謝少校，我馬上會好起來的。」

姚明送走了兩人，還佇立在路旁，新鋪的柏油路，忽然生綯起紋了，在炎炎烈日之下。——他好像站在家鄉池邊，池是乾的，龜裂的土皮，像龜的甲紋。紋上有爛壞的腸，像人的腦漿。他懷疑是幻覺；揉揉眼，擺擺頭。

馬路行人稀疏，路盡頭走的，是他的學生；和他的學生的學生：一個矮，一個高。

這天下午七點三刻，姚明眞的回到了池邊，池還是乾的，池底還賸下一些爛腸，給日光晒乾收縮了。他懷疑那些小畜牲爲什麼不把它吃光。

夕陽下沉，今天徒然過去了，但還有更盛熱的明天。可是，有一件事是被確認了的；姚明肚子裏明白：池底的爛東西，並不是人的腦漿，是動物的腸，可憐的小臺灣鯽的腸。

年輕的叛徒

一

房東太太趁房東不在家時，給世達一個嚴重的警告：「快點繳房租，否則，我就叫你搬出去！」

世達照例的一聲不響。他心裏很難過，不知怎麼辦是好。他背離父親出走，快要兩個月了。這兩個月來，過得好苦。

今年夏天，世達還沒有畢業商業職業學校，父親就給他找到一個工作，告訴他說：「這年頭找事情很不容易，我做父親的，這回子是盡了最大的努力了。」

父親有一爿小舖子，收入要維持八口子，又要給子女讀書。自然，他盼不得世達畢業後能斷念升大學。但世達不聽話。父親終於生氣地說：「能考個獎學金讀書，算你本事大，要是考不取，找事無著，補習要錢，就看你自己了！」

世達冒雨跑到街上，現在他得看他自己了。

這臺北市人海茫茫，他不知該走到哪裏去。他有一個小姑婆住在大稻埕區，但不曾見過面，地址也不熟。記得父親說過，小姑婆來信裏常說她很盼望看一看世達他們，但因小姑婆年紀很大，行動不便，要到世達他們家——中部的一個小鎮，自然不是容易的事。世達他們呢，也難得到臺北。

一家煤炭行牆上貼著招僱送煤人的啓事，他進去見了老闆。

「你讀書太多，」老闆一口咬定說：「小學畢業就夠用了。」

「請給我一個機會吧。」世達懇求說。

「這工作低賤，相當吃力。」

「我不在乎，只要有吩咐，我就做。我可以做得使你滿意。」

「這不是第一次，你也不是第一個人，我用過好幾個中學畢業的，他們頂多泡了兩天，兩天，你知道嗎？他們白做兩天就跑了。」老板說的「白做」兩個字特別的響。

經不住世達苦苦的懇求，老闆終於要他留一個地址，答應一兩天內給他回信。

世達彳亍地走到街上。雨歇了，天空很平靜。這街，這空氣，這週末晚上，這雨後恬靜的感覺，使他想起一段童年的生活。那時他的家境很好，生活過得頂不錯，那是一段美麗快樂的日子。

二

世達猛地醒了過來。

有人在敲門，是矮個子房東，從門檻抛給他一封信說：「給你的。」

世達揣想是煤炭商的回信，心急地撕開開來一看，却是父親寄來的。豆大的字密密地爬滿整張信紙。

世達吾兒：

回來吧。你媽爲你擔念得寢食俱廢了。我們知道你沒有考取大學，但那並無所謂。我曾說過聽由你去，那是一時生氣而發，希望別放在心裏。

上一次接到的來信說，你已經找到工作，月收夠用，但我們還是不能放心。

我告訴你一個消息，大後天（十四日）你臺北小姑婆要做七十生日，我已經給她寄上祝壽禮物，她家在迪化街×段××號，希望代我去向她拜壽，並告訴你是德根的大兒子。因爲你在臺北，你一定得那樣做。

來信告訴我你哪一天回來。

祝

近佳　　愚父九月十一日

世達看完信同時，發覺房東還未離去，把肩膀倚在板牆邊，好像盼不得陽光一下照亮這黯淡的小房間似的。

「有消息嗎？」他問。

世達半抬起身子搖搖頭。

「不是說有家煤炭行要用你嗎？」他說。

世達想，這自然是房東太太告訴他的。

「他口頭答應我，叫我在家裏等候通知。」世達說。

「愁它什麼，也許下午通知就來了。」

「我所欠的房租一定清還，請不要介意。」

房東「哈」地一笑。「那一點點錢，還說我介意？是老婆多事，你才不要理她。早上大稻埕有家富戶死了人，要咱們兄弟去張羅，恰好有一個去當兵，你若願意補他的缺，我就帶你去。」

「你是說要我戴上道士帽，穿上道士服，跟你們一道去誦經？」

「對啦，這行當有什麼不正經呢？」

「我從沒有做過誦經。」

「很簡單，只要跟著我裝模做樣就行了。」

「人家發現可怎麼辦呢？」

「道士衣服穿在身上，誰還疑心你？」

「我做不來，我不能把死人也騙下！」

「你此刻倒還能乾乾淨淨做人！混他一天，有十塊錢可賺，又有現成飯吃，我是好心告訴你呀。」

昨晚房東和他太太吵得很兇，世達想，他倆是因為沒有錢吵起的。倘若他能清還房租，自然就好了。「好吧。」世達說。

「那麼就這樣決定了。」房東說：「等一下，我來教你一些細節。」

三

葬列很長很長。西樂隊領先，素幛花圈接後，再後便是道士們。世達穿著紅道士服，戴了一頂烏帽子，很不自在地走著。矮個子房東走在他跟前，一有機會便向他示意：別緊張。他們後面是一口大棺材，由死者的親屬扛著，他們都披著孝服，執紼的送葬人魚貫地跟在後面。行列裏一個「耍碟子」的技藝搶盡了行人的眼睛。他熟練的向空中拋去一隻碟子，再以一條竹子尖端接住它，不住的讓它旋轉，他帶著一副丑角的嘴臉，興頭來便把竹子移到他鼻樑上，玩弄絕技。

世達忽然想起父親信裏囑咐他的話，明天是十四號，他得找小姑婆拜壽去。小姑婆家可能就在這條街上。

隊伍忽然停了下來。世達覺得所有的行人都向他注目，一點沒法子教自己輕鬆。他想像他自己是什麼一副模樣，而這副模樣正是見不得熟人的。「我奉勸諸位，」級任導師的話突然在他耳邊響：「即使做了乞丐，也要讀完大學。」他現在距離乞丐還遠得很，想了想，不由會心地一笑。但馬上不笑了，他聽見房東說：

「你，這傻頭做什麼笑？人家是出殯，人家是有人死了。」

房東還要說下去，世達發覺前面隊伍已經開走，連忙教他走；正當房東一箭步追上時，迎面突來一陣風，把他頭戴的道士帽吹下來。這同時，一陣笑聲從街旁人群裏爆開來。

葬列緩慢地走著。世達越走越僵。這裏到墳地似乎還有一段很長的路程。他要克服那一份自卑與羞澀的心理，要越過那一個界線，要像那些正牌道士們做得自自然然，有聲有色。但不可能，不可能克服它們。

棺材靜靜地穿過這表面上看來是歡樂飛揚的城街。開上鬧區時，遺族們號哭得更厲害。西樂隊沉甸甸地奏著葬禮進行曲，樂社的鑼與喇叭鳴著，這些都帶有幾分打動人們心靈深處那條「情感的琴弦」的力量，只因爲你聽到它，而聯想到有死人了；只因爲一個會呼吸的人，突然停住了呼吸，要回到某一個地方去——反正離去就是了。

世達心裏覺得很悲哀，不是爲死者，而是爲他自己，爲他自己淪落到幹這行被目爲「賤行」的職業的際遇。好一個假冒的道士！但是這發窘的心情並沒有持久，他們出了城口，便被接上爲他們準備開赴墳地的汽車。

葬畢回到喪宅，別的道士都脫下帽子在休息，世達也脫下帽子，坐在他們近旁。突然，一個熟悉的背影在大廳裏出現，使世達大吃一驚。還沒來得及看淸楚，那背影已經打後廳的門走去。這一定有什麼人很像父親，世達想，在這廣大的人世間，總有幾個長相很像的人。一個道士正在說笑話，引得別的道士哈哈笑。這時房東正好從大門那邊走來，他靠近大家站住，低聲下氣地說：

「兄弟們不能嚴肅點嗎？人家是有人死了。」

大家立刻靜默下來。

「你的信來啦，」房東轉對著世達說：「老婆送來的，她看到限時的信，馬上就送來了。」

這又是父親來的信！世達心裏不覺一怔。他拆開來，上面只寫著幾行字：

世達吾兒：

前信收到嗎？早上忽然接到消息：說你臺北的小姑婆病逝，明天出殯，我預定搭夜車趕往臺北奔喪。餘容面談。祝

好

愚父九月十二日

此刻，父親就在臺北了！既然來了臺北，一定會找上他來的！這可怎麼辦呢？小姑婆剛要做生日呀，誰料想得到她突然死呢？人生本來就是這麼一回事！世達雖然沒有和她見過面，可是聽到她死——一個和自己有血緣關係的人的死，就不由得感到一陣悲傷。眼前這一家不是也有人死了嗎？

正想間，剛才那個高大的背影又出現了！世達眼睛大大地望著：那人轉了個身，面孔剛巧擺在上面結著麻布的兩個白色燈籠中間。世達險些叫了起來。不錯，他是父親！那麼——唉，剛才出葬的是小姑婆了！世達全身癱瘓，只顧把帽子深深地戴上。這同時，鑼與喇叭開始緊密地響起來。

「走吧，」房東猛地推他一下說：「又要開始了！不要慌。」

世達趕緊往外跑，房東的聲音在鑼與喇叭聲中變小，終於消失了。

四

那天夜裏，世達醒了幾次，最後一次醒來時，腦門混混沌沌，好像敷了一張膏藥。乾臭的土灰氣味，隨時提醒著他，這是一條陋巷裏兩個榻榻米大的房間。兩面磚牆，一面灰壁，一面板門，板門外是甬道，房東他們走進走出。

昨天他逃出來了，他逃過了父親的眼睛，但却得罪了房東。房東回來後譴責他一頓。這樣總比讓父親看到要來得好。

這該天亮了。他一躺在牀上。不一會聽到戶外人聲說：「天呀，這是個什麼地方？我不相信他會住在這裏！」是父親的聲音！一種莫名的想念從腦子裏浮上來，他趕快把頭鑽進被子裏裝睡。

房東太太的木屐聲音打從甬道走過。「找誰？」她問，聲音很大。

「請問，李世達是不是住在這裏？」

「這裏。」房東太太說。脚步聲向裏面移動三下，隨即聽到輕輕敲門的聲音。正當世達想著該不該回答時，房東太太的聲音響了：

「他還在睡！」

「噓，別吵醒他。」父親低聲地說。

「昨天晚上他很晚才睡。」房東太太也低聲地說。

「我知道，他要不晚睡，就不會晚起的。對不住，大清早打擾妳。」

「那裏，你不叫醒他嗎？」

「不，讓他多睡一會好。」

世達清楚地聽到父親坐在房東太太搬給他坐的椅子後，接連的咳嗽三下。他知道父親的老毛病又發作了。父親的「氣管」不好，每當起牀後，母親便留心看他有沒有戴上口罩，父親是懶得好好照顧自己的，他在臺北更沒有人照顧了。世達想到這裏，忍不住跳下牀來。

房門立刻開了，是父親開的，父親站門口，半彎著腰，腦袋剛好鑽進門裏。他背後有一道明亮的光。世達的視線不安地停在他的面孔，那張面孔恰好在翳影裏，又把放大的影子投射在世達臉上。

「阿達。」父親說，輕輕地咳嗽一下。

世達什麼也沒有說，便倒在牀上抽泣起來。

一刻鐘後，世達和父親走上了靠淡水河水門邊的一條小道。下水溝的氣味臭得難聞。父親輕輕地咳嗽一下。這小道很僻靜。世達以爲父親要開始訓話他一頓，但他什麼也沒說。世達清了一淸喉嚨，父親轉臉看他，再輕輕地咳嗽一下。這一帶是貧民窟，一間半塌的家門前，有一個圓臉的小女孩吃力地背著嬰孩，那嬰孩大哭不停。屋子裏面傳來女人痛苦呻吟的聲音。「快了，太太。」另一個女人的聲音說：「再用力點，這一胎準是男的！」父親輕輕咳嗽兩下。

走出小道，到了大街。路旁一間小廟裏，一個老太婆在上香。父親又咳嗽一下。這城上早晨的氣流向他們臉上吹來。

「你可知道哪一種人最孤獨？」父親突如其來的靜靜地說。一輛載著起重機的工程車轟轟地開過他們身旁過去。父親重重地咳嗽一下。「死人是最孤獨的！」父親沉重地說，又重重地咳嗽一下。

世達沒有作聲。父親咳嗽一下，重重的。「我曾希望我死時有人殮葬。」他說著，深深地歎了口氣。世達沒有作聲。

父親找到一家豆漿店，說要吃早點，便帶他進去。

世達狼吞虎嚥地喝下兩碗豆漿、兩個燒餅。父親詫異地看著，又叫了一碗豆漿和兩個燒餅給他。父親會了賬，他們出來時已經七點半。父親停住了脚步，重重地咳嗽一下。「時間還早，」他說，望一望週邊，前面是淡水河的一個水門，他指著那邊說：「咱們找個地方談一談。」

踏出水門，便是淡水河畔。三、四隻漁船在河心停泊，河水靜靜地流著。

「這裏空氣眞好，」父親作了一個深呼吸模樣：「你常來這裏嗎？」

「不。」世達說。

「那個房間租金多少？」

「六十塊錢一個月。」

父親咳嗽了一下，陰影重又翳住他的面孔。「你媽本來也要來看你，但我阻止她，如果她看到你住在那樣的地方，餓得像那個樣子，能不傷心嗎？」

世達沒有作聲，他的眼睛注視著父親背後的一隻漁船，那隻漁船艱難地向著逆流划著。

「你信任自己的才智嗎？」父親說。

「是的。」世達不假思索地說：「我肯定地信任。」

父親搖了搖頭，重重地咳嗽一下，他眼裏有一股怒火，但只閃出一道出一道火星便消失。

「你到底考得怎麼樣？」他說。

「總分差零點五，否則，錄取了。」

「你的主意呢？」父親好像要咳嗽，但強抑住：「改變不改變？」

「不！」

父親重重地咳嗽一下：「眞的不改變？」

「眞的。」

「我要你改變！」

「不。我要走我自己的路。」

「一個人能出息多少是註定了的！你沒有出生在可以讓你進大學的環境裏，是你最大的不幸。不要奢想，要認命，要犧牲！」

「犧牲？憑什麼要犧牲？」

「爲了你五個妹妹，她們有一個剛剛升高中，一個初中，三個國校，我沒有嫁妝可以給她們，但得讓她們受完高中教育，你是老大，你了解我的心境嗎？」

「她們可以靠丈夫生存，我却必須靠自己！」

「這好像沒有人生下你，你是一個人獨自鑽到這世間來。你不要父母，不要妹妹，不要家，什麼情愛都不要！」

一陣沉默。風驟然地吹來，剛才那隻漁船越發艱難地駛著，進速很慢，在世達看來猶如寸尺未進。

「明天一早我便要回去，」父親重重地咳嗽一下說：「到底你要留在臺北呢，還是跟我回去？」世達沉住氣不響。父親搖頭三歎：「還有時間讓你去決定，火車上午六點十五分臺北站開，開車一個小時前我在車站，你不來，我不管你了！」

世達送走父親後，在街上到處徘徊，晚上十一點左右才回到公寓。一進門發現房東太太還沒有睡，她笑臉迎上來。

「這整天到那裏鬼混呢？早上來的那人又來找你，他等你一個晚上，剛走了，他中午也來過一趟，本以爲是討債的，想不到是你父親。你放心住下去吧，他不但清還了你的房租，還囑咐說，你的住食有了困難時，可以寫信向他要錢去。」

世達一聲不發。

媽媽的雨鞋

向午時分，下了一陣豪雨。那時我們剛在上「勞作」課。我看見李同學望著窗外，笑嘻嘻地指手畫脚，眞有點羨慕。因爲，只要天下著毛毛雨，他的父親——一個公司的經理，便會叫人開汽車來接他。（除去雨天，他都以三輪車代步）我失望了。

下課後，我想起今天早晨母親歡欣的樣子。是的，今天是我的生日，我該快樂地度過它才對。我脚上那雙漂亮而嶄新的紅布鞋，彷彿在鼓勵我咒罵天公。那是我所得到的惟一的生日禮物，小巧玲瓏，鞋上還繡著幾朶梅花，梅花之間是些動人的圖樣，好像是葛藤的樣子。不，也許是枝頭。縫口又纖細又堅牢，眞是旣美觀又實用。

這件小禮物，當父親在世的時候，我當然是不屑一顧的，但現在的情形可全然兩樣了。母親一面抱病，一面工作，忙裏偷閒縫成的這雙小巧可愛的紅布鞋，不僅是單純的禮物，而鞋上每一針縫線裏，都藏著深摯的母愛，想到這裏，我不禁泫然。

小李的汽車來了，司機把他擁抱似地抱進車裏，疾馳而去。小麗麗的爸爸來了，她也給扶上單車，嗚鈴而去。小胡的媽媽，阿美的姐姐和小獃的姨媽都來了。他們嘻嘻哈哈地鬧成一團，走了。啊！那可不是小敏兒的哥哥？小敏兒一向自誇是打哥哥的能手；而這位常被弟弟「毆傷喚饒」（這是小敏兒的自創成語）的哥哥，居然也滿堆著笑臉接他回去了！我看著那小敏兒異乎尋常的溫馴的體態，心裏悵然若失。

他們都走了，留下孤獨的我，和一片寂寞的冷氣！和我並立的，惟有一塊墨痕斑斑的「博愛小學」的招牌。遠遠的馬路上現出每一點黑影，都使我心馳神動。當那黑影大到可以認出是別人的時候，我在死灰上澆上了一杯冷水，然後暗自譏笑自己，不該太存奢望。不論如何，得等到雨停才能回去！於是我索性撿了塊磚頭坐下來，在寂寞和失望的走廊下。

「慧兒！」多熟稔的聲音，響在我背後。

「媽！」我訝然；兩滴熱淚使我朦朧地辨認了她。

「妳累了吧！」她帶著歉意的口吻：「等了這麼久！」

我默不作聲，不知爲什麼。只是因這溫柔的話太迷住了我！感動的熱淚又奪眶而出。

我俯身裝著繫鞋帶子，然後順手用手拭去眼淚。

我踏踏脚站好，爲的要媽媽知道我並不因等久而沮喪。我望了母親一下。她正在脫去雨鞋，一手倚在白灰壁上，一手按住鞋跟。白皙而瘦小的雙腿，本已經不夠力量支身，現在呢，只用一隻腿，當然更立不穩了。我趕忙跑去扶住她，其實我身小，那能扶得住她？

「幹嘛？脫去雨鞋？」我問。

「妳不喜歡穿它，是嗎？」她淺笑了笑：「這兒路泥，木屐不好穿。」

那雙雨鞋不但不配我穿用，也不配她穿用，因爲那是男人用的，既大又破；如果是有錢人家，早已把它棄在垃圾箱裏了。

「不，」我毅然地說：「還是妳穿吧！」

她看我一眼；我忙把視線收進來，就像在路上碰到出殯的行列一樣。——那是母親禁止我看的東西之一。

「好吧，」我後悔當初不該惹她的傷感：「我倒很喜歡穿它呢！」

頓時，她的兩個酒渦兒越凹進去，頰上每塊肌肉都鬆了。我蹲下身，幫她脫去雨鞋，她的脚白皙瘦長而又薄又軟，脚趾間空隙頗大，脚尖細長，脚背青筋錯綜可見，肌肉都消失了。

她教我放下書包，雙手搭上她的肩膀，於是她替我脫去那雙紅布鞋，換上大雨鞋，然後撲撲鞋上的塵垢，用一張舊報把它包好，放入我的書包裏。

我來回試走了一下，心裏很是擔心。這簡直不像穿鞋子走路，而是在拖。雨鞋不斷發出莫名而笨重的聲音，好似在埋怨我穿錯了它。

「比我們脚小的鞋子，可穿不得，但是大一點的……」她撐起紙傘，然後接著說：「倒是任何人都可以用得來。」

我細嚼著這意味深長的句子，我茫然不知它的眞義，但却又彷彿摸到了它的輪廓。我看著她的木屐嵌入泥窪裏，雖然費了九牛二虎之力，却也拔不出來。

「這時候，木屐就不如這雙天然皮鞋了。」她說著脫去木屐，提在右手，赤足走著：「用不著它時，不用它便算了！」

萬惡的汚泥終於沾滿了她白皙的脚。她那褪色的藍色旗袍，使我意識到不屈的靈魂在抵抗的旗幟。

雨滴越來越大，紙傘的角被衝破了，一條黑線垂了下來。我猜那定是母親臨來時趕補的。她把那破角轉到她那邊，雨滴滴在她肩膀上。我想叫，生怕她舊病復發，但又顧慮到她的脾氣，簡直不敢出聲。

她把我的手拉緊，像極怕我給泥窪呑噬去。

四隻脚印，在後頭形成了四條直線。先是很深的泥窪，然後被泥水斟滿，只賸下淺薄的輪廓，再然後被我們後面的足跡或車輪蓋過去。我們只默默的，不顧一切的，努力掙扎著向前走去。

花瓶與櫃臺

「露露，晚上姑媽請妳看電影。」

「這電話太遠了，媽媽！」

「姑媽晚上請妳看電影，聽見了沒有?噓，馬里，不許叫！」

「討厭，我不去！」

「不要這樣說，露露，這是機會。不許叫！馬里。下了班就立刻回來吧！露露！」

「今天不行啦！」

「爲什麼呀？」

「我要加班。」

「我沒有聽清楚喲。馬里，不許叫！妳說什麼呀?露露。」

「我——要——加——班。」

「噢，露露，跟經理說一說妳有事要早退，知道嗎？不要錯過機會！」

五，十，十五，二十，二十五，噢，不對，五，十，十五（機會？）二十，二十五（這鈔票好臭呀！）三十（有魚腥味！）三十五（機會？）四十，四十五（不要錯過機會？）五十（討厭！）五十五，六十（還不是那一套！）六十五（討厭！）七十，七十五，八十（討厭！）八十五，九十（討厭！）九十五，一百。

啐，我的手指酸透了！這東西好髒，但卻人人喜愛！才點完了四萬元，還有多少呀？天曉得！

「露露，那個人又在瞧你！」阿嬌的聲音。

「討厭！」

阿嬌早就辭職了，她嫁給那個人——時常愛看我的那個男客。我不比她遜色呀！

「答應我！露露，我跪下來求妳！」那人曾向我求愛。我可瞧不起他。

「哈哈，哈哈……。」妳們年輕，妳們笑吧！我可瞧不起他。他現在已經是兩個孩子的爸爸了。他的妻子卻是曾經坐在妳身邊櫃臺的阿嬌。啐，這紙帶太嫩了！

妳能呆下去多久？

「哈哈，哈哈……。」妳們又笑什麼？我要生氣了。

五，十，十五（大拇指，妳倒霉！）二十，二十五（阿嬌看來很幸福。）三十，三十五，四十（上次在衡陽街看到他們，）四十五，五十（他們孩子很可愛。）五十五（他們有兩個孩子，）六十，六十五（答應我！露露，我跪下來求妳！）七十，七十五（可憐蟲！）八十（他蠻有神氣！）八十五（答應我！露露，我跪下來求妳！）九十（他忘記了。）九十五（忘記了他向我求過愛！）唉，我數到哪裏呀？眞糟！從頭來吧！五，十，十，十五……。

「你有好幾隻腿。」媽媽說的。她是說這鈔票有好幾隻腿。

這紙帶太嫩了，不中用！

年輕的時代過去了。妳身邊的一些年輕而裝飾得花枝招展的女職員有說有笑。斯文的可憐蟲！他是一個網球選手。他有兩個孩子。兩個，不多不少。可憐蟲！「答應我！露露，我跪下來求妳！」妳噗哧一笑。

七十五，八十，八十五……。妳曾有那個時代。九十五，一百。他曾對我說道：「答應我！露露，我跪下來求妳！」

你累了，大拇指，我知道。我希望阿嬌回到我身邊來。跟她一樣，妳辭去，這銀行的活動大門仍舊會開，顧客們仍舊會來。沒意思！

「你年紀不輕了。」不是嗎？

「過來！馬里！」你眞乖，馬里！只有你不使我失望！我願意永遠是一個女孩子！

點妳的鈔票吧！別想什麼！眞是神經病！

五，十，十五……九十，九十五，一百。啐，這紙帶太嫩了！

那天，家家戶戶插著太陽旗，那是一個什麼節日呀？也許是日本天皇的生日吧？每個同學都領到兩個饅頭，邊吃邊回家。那是春天，你才幾歲呀？九歲，是吧？九歲。不錯。妳怎麼想起它呢？奇怪？神經病！

「妳想什麼？」那個半工半讀的服務生推開妳，和妳分坐了一張椅子。

「佛教是什麼時候傳入中國來的？」

「東漢明帝永平初年。」

「威尼斯在哪裏？」

「西門町。」

「哈哈哈……。」服務生笑了，笑得那麼天眞。妳也笑吧。這些日子，妳很少笑。笑點兒，有什麼關係呢？五，十，十五……。

四點十五分。那活動大門早就關了。櫃臺對過的椅子上還坐著幾個男人。他們不是顧客。那幾張面孔常看到。他們是誰？「過江的魚」！這裏的沙發好舒服，又有冷氣，即使坐上半天，也不必花錢。

大拇指，忙你的吧！五，十，十五……。乾隆帝是什麼時候來臺灣的？我忘記了。他在麻豆留戀了很久。你累了，大拇指，我知道。九十五，一百。啐，這紙帶太嫩了！爲什麼要用這捆鈔票？

「小姐，拜託妳！」

抬上頭，一看就是那個「活動衣架」。

「你們公司眞糟！」存款小姐說。

嘿！一大捆臭鈔票！加班，加班。不加班那裏點得完？妳們加油吧！他們欠你幾個月薪水？五個月。

「你們眞糟！」服務生說。

「咱們來投票吧！收不收它們？」

「小聲點，經理瞧著這邊！」

「不收，咱們銀行要垮！」存款小姐說：「那是塡交差的錢！」

大拇指，忙你的吧！你們眞糟！你們糟到無可救藥。有多少存款就開多少支票。你們就做不到！五，十，十五……。

算盤，這像爬蟲類的小怪物，有那麼許多隻大小相同的眼珠。它瞪著妳！沒有一個魔術家有你這麼大的本領哩！

「露露，晚上姑媽請妳看電影。」

三明治！姑媽想做三明治〔指做媒〕呀！眞討厭。「妳並不年輕啦！」她這麼說道。
「答應我！露露，我跪下來求你！」
妳噗哧一笑。那聲音會留下來的，永遠的，妳活一天，它就留一天。
我的頸項酸透了。轉一轉脖子，有什麼關係呢？
「你不要老是扭轉脖子呀！」服務生說：「科長在看妳哩！」
「管他看不看我。」
「妳不怕他給妳晉半級。」
「他敢？」
「不敢！」
背後有人在笑，偷偷地，妳們笑吧，要嘛笑得大聲些。十三年了，坐在這像裝小動物的木栅裏，經理都換了好幾個了。這花瓶不是原來的那花瓶，這櫃臺也不是原來的那櫃臺。珠子和珠子碰著，「擦擦」地響。
忙妳的吧！露露！妳累了，大拇指，我知道。五，十，十五……。
「僞鈔！」女職員說。
「五十元的？」男職員說。
「五十元。」

「你媽的技術不錯！」男職員說。
「一點看不出來。」
「吳小姐收的！」
「老牌的出納員收的！」
「這紙帶上面有她的圖章。」
差不多行裏的職員都圍攏過來。是我，我收的，你們瞧我吧！年輕的甲骨蟲們！這不像平時的妳，平時妳可不是這樣呀！妳太大意了！也許是天氣的關係吧？
妳是一朵花，揷在裝汚水的花瓶裏，快要凋了。妳們儘管笑吧！僞幣製造者！這些該死的社會敗類！你們倒聰明多了！
「馬里，過來！」妳說：「別闖紅燈！」
噢，馬里，只有你不使我失望！你是我惟一可靠的伴侶。窗上電光閃過。雨會下呀！妳是不是想在鈔票堆裏鑽一輩子？妳鑽進來時，可不容易呀！雨下了！那英俊的身影在雨點裏變小了。這個時常在妳腦海裏浮現的不速之客！你沒有抓上他，是因爲妳瞧不起他。「答應我！露露，我跪下來求妳！」他這麼說過。
我們世代是銀行員：爸爸是銀行員，哥哥是銀行員，嫂嫂也是銀行出身的！好一個銀行世家！

經理走了，和幾個鬧吵吵的商人。他們去那裏，不問也明白。「我要『灌』他！」一個說話響亮而常來借款的胖子叫著。「我要『電』她！」另一個常叫人來「塡交差」的瘦皮猴大聲笑著說。「『電』誰？」「那個最漂亮的！」

我掩住了耳朵。窗上劃過一道電光。

「露露，晚上姑媽請妳看電影。」

「我不看！」

「下了班就回來吧！」

「今天不行！」

「噢。露露，跟經理說一說，妳有事要早退，知道嗎？」

「經理走了。」

「唉，唉，妳又錯過機會了！」

五，十，十五（妳們去安排吧！）二十，二十五（這鈔票好臭呀！）三十，三十五（有藥水味！）四十（機會？）四十五，五十（妳又錯過了！）五十五（討厭！）六十，六十五（姑媽愛管閒事！）七十五（她想做三明治！）八十，八十五（馬里，過來！）九十，九十五（馬里，過來！）噢，我數到哪裏啊？從頭來吧！

祖父的故事

莎士比亞說人生像戲臺。不錯的，孩子，如果你祖父的一生分成幾個幕，那麼，下面是爸爸記憶中你祖父一輩子最生色的幾幕了。

你祖父活了六十八歲，他以酗酒、賭博終其一生，他做過一任船長，但不等他引卒下海，船就被颱風吹塌了。

我不是有意拆你祖父的臺，但為了要使你祖父光榮與不光榮的事蹟傳眞後世，就決心把這個故事寫下來。

一

你祖父是漁伕，他出生在臺灣西部一個海邊的小鎮上，那小鎮俗名叫做「海口」，海口先天就是一固貧瘠地區，人們多半以打魚為生，生活儉樸，因此，海口人吃薄薯和出外爲傭，是兩件家喻戶曉的事實。

自從爸爸有記憶的年紀起，你祖父就爲那些船主們做事。咱們家並沒有漁船。遇到季風或颱風不能下海時，他就做巡迴理髮師的生意。因爲收費低廉，招徠的顧客著實不少。你祖父做理髮師所賺的錢比漁佚好得多，可是他的志向在海洋上，他打小時候起，就盼望自己有一條漁船。「一條，嗯，只要一條就夠了！」他這麼說。這已經是三十多年前的往事了。

在那些日子裏，爸爸最怕聽見你祖父說：

「來，阿文，我帶你到大姨媽家去！」

「不，不要。」我哭著說。

「乖孩子，你是男子漢，男子漢不會哭哭啼啼的！」

「我要跟你到海上！」

「他們不許帶孩子去！」

他笑了笑，用兩隻手把爸爸抱上來，拿他的鼻子對著爸爸的鼻子說：「乖乖聽話，我會給你帶大貝殼回來，很大很好看的大貝殼。」

「人家才不要！」

「傻孩子，不怕媽媽笑你？」他把爸爸放下來，指著牆邊那張女人的小相片說。

那就是你祖母的相片；早已經褪色，並且發黃了。你祖母在爸爸的記憶裏很模糊，據說，她在爸爸三歲的時候，就遠出做人家女傭去了，一直沒有回來過。不過，「媽媽」這兩個字教爸爸聽起來，可眞要心馳神動呢！

你祖父一手抱爸爸，一手拿著包袱出了門，就向街坊走去。

你大姨婆在離街心不遠處開一家小雜貨店。她端端正正地坐在店裏，看見你祖父和爸爸，就立刻做一個你祖父認爲最頑固的表情。

「大姊，又要麻煩妳了。」你祖父說。

你大姨婆搖搖腦袋，不勝其煩地說：

「我接到消息說，昨天你又賭博了。」

你祖父哈哈一笑：

「那不過是消遣消遣罷了。」

「我該重新提醒你，我答應你照顧阿文是附帶了一個條件的，就是要你戒賭。」

「你不用說，我也知道。」

「難道你過去做錯了事，現在連一點懺悔都沒有？」

這麼一問，你祖父可就不聲不響了。你祖父走後，爸爸問你大姨婆說，到底父親做了些什麼壞事。你大姨婆板著面孔不答。

不怪她板著面孔，爸爸後來才知道一件嚇人的新聞：你祖父賭博賭輸，最後把你祖母也下了賭注，輸給人家了！

二

夏季裏在海口，雨是常見的。這是颱風最多的一個季節，暴風驟雨造成的災害，會教勇敢的漁伕們落魂失魄，甚至人財俱亡。

但這却是爸爸平生最快樂的一個時節，因爲你祖父下海的日子較少，他會帶爸爸四處跑。

當你祖父拿下牆釘上的兩個竹筐子時，爸爸知道又要下鄉做「剃頭生意」了。

「天老爺有眼睛，就下場大雨吧！」他這麼祈求說。

往往一場大雨會把馬路弄成一片泥漿，使我們走起路來很吃力，但也使那些鄉下人困在屋子裏，萌起理個頭髮消遣消遣的念頭。

你祖父那兩個寶貝小筐子，一個是用來放理髮器具的，一個是用來做爸爸的搖籃的。別見笑，當爸爸三歲到六歲那時候，每次出門，差不多都坐在竹筐子裏，讓你祖父挑著走。爸爸漸漸長大，體重也漸漸增加，只怪你祖父嫌爸爸跑路慢，仍教爸爸坐在竹筐子裏，他就拿幾塊磚頭放在另一個筐子裏求其均衡，挑著走時，教行人碰見了，多可笑。

時常的，我們大清早出門，跑到很晚才回來。從這個村落轉到那個村落。

東家村到西湖村約有半公里的路是低窪地區，如果是雨天，那裏便成一片爛泥，赤腳踏下去，拔出來時像穿上一雙泥製的厚及三寸的長統靴似的。記得有一次，在那裏被水困住了半天，從筐子裏看去，汪洋一片大水，爸爸嚇得直想哭，你祖父說：「你是男子漢，男子漢決不會哭哭啼啼的！」

海口附近一帶村人大概都認識你祖父，也許是你祖父生意做久的關係吧，他們叫他「剃頭仙」，這個稱呼叫得比他本名還響，你祖父雖不高興，但到底是生意要緊，一聽人家叫，除了正在發脾氣之外，都會「唔嗯」一聲。

我們一到村子裏，便隨便找個小舖子買根甘蔗吃，不等你吃完，這裏那裏便有人來叫了。這教村子裏的理髮師看得眼紅，但他們拿你祖父一點辦法都沒有。也許是你祖父身體魁梧，有一種不可冒犯的威嚴的吧。

有一次，生意不錯，你祖父袋子裏裝得半滿。我們到鎮上，上了一家第一流的理髮館，你祖父吩咐一個理髮師好好給爸爸理一下頭髮，就顧自跑了。爸爸以爲他要去小解，但儘管理完頭髮，他還是沒有回來。

等到店舖快要打烊的時候，回來了。他的袋子裏吊空了，一文不剩。爸爸知道他又輸光了。

三

你祖父夢寐以求的是一隻漁船。

他認為做人家奴才，是最沒有出息的，同時認為做「剃頭仙」也是最沒有出息的。他循照古人傳統上的看法，把挑轎的、吹喇叭的、和剃頭的，歸為世界上最沒出息的三種行當。

「那麼做什麼才算最有出息呢！」爸爸問他。

「打魚，幹咱們這一行當的人，要算最有出息的了！」

終於有一天，你祖父眞的弄來一條船了。那是一條超齡的船，是從賭場裏贏來的。他給它命名為「天行號」，略加裝修後，就決定下水了。

四

明天是媽祖的生日。

明天，是明天，天行號將要下水了！

淸晨起牀後，爸爸在沙灘上認出了你祖父的身影，他以穩健沉邁的脚步踱來踱去，好像恨不能把全副信心種下沙灘裏似的。漁伕三三兩兩地散在這裏那裏，安詳地補著網，準備下一次出航。說眞的，只有你祖父不安於現實境遇，雄心勃勃地爲開拓生命，不惜把一切孤注一擲。他曾否想到他每一次嘗試幾乎都一敗塗地，喪盡信心？

兀的，獅陣的鑼鼓聲像要振奮鼓舞他的勇氣似地響了起來。那鑼鼓聲是我熟稔的，就像在母胎裏聽熟了似的。

「孩子，記著，」爸爸記起了他——祖父開始進行瘋狂的行爲之前所說的話：「我要讓你上第一流的學校讀書！看，骰子在我手裏！」

他倒不怕當著人家面前說那樣的話，不怕人家背地裏取笑他狂妄孤傲，背地裏罵他「大條牛，駛無著」（臺灣諺語，人雖大，不中用之意）。

鑼鼓聲響得更緊密了，這正是舞獅的高潮，爸爸精通舞獅的每一節小動作，那得有充足的體魄才能耍得生龍活虎，有聲有色。

爸爸再看到你祖父的時候，他把身子貼在船身，高舉著兩隻手，背對著我，看來就像和船比高一樣。那條漁船——天行號是這近海中規模最大的一隻。爸爸心不由衷地同意你大姨婆的看法：他是發瘋了，他永遠比不上那條船高，而那條船永遠滿載不了他想要的東西。

鑼鼓聲仍舊緊密地響著，像要把十足的音量灌進這淸晨的海灘似的。

「老福，現在我曉得了賭注這個東西是什麼一回事了。你認爲自己輸，可是你還要來！」

他在和老福說話，爸爸不聲不響地想。老福在哪兒呢？爸爸看不到他。老福是著名的賭棍，天行號就是他輸掉了的。忽地，你祖父掉轉身來。

「我的孩子，」他像要把這幾個字打進爸爸的心坎裏似的，強有力地說：「你看，這是爸爸的船！」接著用力猛拍了一下船板。

「你要一個人出海嗎？」爸爸問。

「不，我找阿福幫忙，還要找兩三個漁夫。」

「你是船長，是不是？」

「不錯，我是船長。」

這是爸爸第一次，也是僅有的一次，看到你祖父得意忘形的樣子。這之後，當爸爸處在孤立無援或絕望的境地裏的時候，就會想起他說這話時的聲音和容貌。

可是，不幸的事情發生了。

沒有人肯答應幫忙你祖父做事，一種迷信支配著他們單純的腦袋。那隻船六易其主，是的，在漁夫們心目中，「六」是一個不吉祥的數字。

那天，他起個絕早就出去，爸爸上學後不久，學校因預防強烈颱風提前放學。

爸爸在淒風中趕回家。風勢越發兇猛。你祖父不在家。人們競相地奔向海灘，把各人的船拖上安全地帶，用粗繩子攬起來。天行號浮在離海灘最遠的海面上，孤單地隨著洶浪起伏。風刮刮地響，傾盆的雨向海裏倒。

白茫茫天地間，有個婦人縫著雨隙奔過來。她慌慌張張，狂喊著你祖父的名字。爸爸認出了她，向她叫：

「大姨媽，爸爸呢？」

「沒有影子啦！」她說：「哪兒找他？」

人們各忙各的，已是自顧無暇了。

「會不會在船上？」

「不會！」

「賭窟呢？」

「你知道哪裏嗎？」

「我知道。」爸爸說著，一個勁兒地向海角跑。

「小心！」你姨婆在背後叫。

海角那邊已是水深及膝，爸爸跌倒幾次，又爬了起來，差一點沒淹死，但終於爬到了岩窟頂上，找洞口爬進去。

賭窟裏，赤脚的漁佚們在打撲克。怪不得他們無動於衷，這賭窟簡直像另一個世界，使人覺察不出外面有強烈颱風什麼的。

「你哥哥來找你了！」一個賭棍向你祖父開玩笑。

爸爸拉著你祖父的褲管說：「強烈颱風來了，還不趕快把船攬起來？」

你祖父聚精凝神地看著他手裏最後兩張牌，粗大的手指顫動著，在兩張牌上摸來摸去。

「一張牌摸半天，老子鬍子都等白了！」他身邊的一個說。

爸爸再拉了你祖父一下，又把剛才的話說了一遍。你祖父擲下右邊的一張，輸去；放下另一張，又輸去。他忽然一轉身，忿怒地打爸爸一個耳光。

「弟弟欺負哥哥，豈有此理？」又是剛才那個賭棍說。

啪的，一個淸脆的巴掌，打在那個賭棍臉上。那個賭棍瞪著你祖父，一聲不響。

跑到海灘時，已經遲了。可憐的天行號支離破碎了！像浮屍一樣任憑風吹雨打。

起初爸爸還看見你祖父一副苦臉，但颱風過境以後，他就很快地把這件事情忘掉了。

五

生活開始熬煎著我們。

你祖父付不起天行號的裝修費，債主臨門，逼得他走頭無路。那個裝修漁船的公司是七個股東合夥開的，他們每天輪派一個人來討債，剛好每一星期輪一次。好在你姨婆慷慨解囊淸債，這件事才告一個了結。

從此以後，船主們再不願意僱用你祖父了。他們認爲他不是一塊「海料」，只要跟他拉上一點什麼關係，便註定給牽入厄運。

因此，在那些日子裏，他只靠做巡迴理髮師吃飯。他酗酒、賭博。

他喝醉了酒便說：「當你正當有爲之年，而不能有所作爲，該怎麼辦？」

打這時候起，爸爸開始輟學替人家做雜工，結繩子，擦甲板，搬磚頭，割草劈柴……。後來在城裏一家印刷所當學徒，從檢字工學到排字工。老板是同鄉出身的，當他知道我是你祖父的兒子，就哈哈大笑著說：

「你眞是個不幸的小傢伙。」

你知道的，孩子，那是日本統治臺灣，所謂日據時代發生的故事。

戰爭很快地來到我們頭上。物質過分的匱乏，造成了秘密地「物物交換」的現象。

鄉村最缺乏的是布料，城裏最缺乏的是食物，所以村裏人都拿米或雞鴨偷運到城裏掉換布料或舊衣服。這時候，爸爸回到家鄉來了，你祖父仍在做理髮的工作。你大姨婆去世了。

有一天，爸爸和你祖父拿一隻雞裝在麻袋子裏，到城裏想換點布料。爸爸拿著袋子，你祖父空手跟在爸爸後面走。

來到廟前街時，猛地有一隻剛強的手捉住了爸爸的手臂。爸爸一抬頭，看出是一個彪形大漢。

「這袋子裏是什麼？」他厲聲地問。

來不及轉念頭，你祖父的聲音響了：

「他是我的兒子。」

「那麼，你跟我來！」

「強盜！」爸爸奪口叫出。

「什麼？」大漢咆哮道。

「噓，」你祖父示意地說。

我們脚步紊亂地跟著他走。他是什麼人？敢在青天白日下拿這種態度待我們！到了警局時，他的身份才暴露了，原來他是專門緝拿黑市的經濟刑事。

他把你祖父帶進一個四面壁牆的房間裏。爸爸正要跟進去時，只聽那刑事說：

「你來做什麼？不關你的事！」

「叔叔，請您原諒阿爸吧。」爸爸磕了個頭說。

他只那麼冷眼地望爸爸一下，只管叫你祖父打開麻袋子，袋口綁得緊，好不容易才解開。

刑事的腦袋望袋裏一鑽，抬上來就是幾個巴掌，啪啪地打在你祖父臉上。

爸爸看看刑事魁偉的身軀，又看看你祖父魁梧的身軀，他們之間看不出差在那裏，除了統治者與被統治者的身份不同之外。

「跪下！」刑事喊了一聲。你祖父躊躇著。

「你聽懂沒有？」刑事大發雷霆說：「跪下！」

你祖父發呆了。刑事先是走來走去看他，然後開始繞著他打圈子，走到他背後時，突然舉腿往他的左腿膝蓋子一踩，你祖父竟狼狽地倒下去了。「爸爸！爸爸！」儘管爸爸喊叫，也沒有人理睬。

你祖父坐了十四天牢，出來時遍體鱗傷，他樣子像一條打了敗仗的鯊魚。

這時候，他酗酒得更厲害了。

六

孩子，爸爸坦白告訴你，你祖父是在泥醉中死去的，爸爸在下水溝裏發現他時，他的氣已斷了。不知道是水淹死他，還是酒淹死他的。總之，那個時代，他生存的那個時代已經過去了。

父與子

吳家兄弟倆，沮喪地站在新蓋的三層大樓的平臺上。兩個都穿西裝，老大淡黑，老二淡灰，他們是暴發戶，穿的是第一套訂製的西裝。年前，老大和老二合資包下林班，發了大財，不久便蓋了這幢大樓——村子裏惟一的三層大樓。立刻他們家聲也跟著有這樓房高。但是他們父親的做法，使兄弟倆大傷腦筋。

「兩個不孝兒子，」老大說，揑了一把鼻子，好像這句話臭得難聞：「人家這樣罵你，還受得了？」

「咱們面子丟盡了！」老二打了一個鼓舌：「就是那樣。」

「好，」老大下決心地說：「明天我再也不讓他去賣菜！」

「看！他回來了！」

前庭那一邊圍牆上，有頂褐色舊帽子逐漸移近來。那頂舊帽子是他們祖父的遺物，他們父親不嫌破舊拿來戴的。帽頂半丈高，掛著又大又圓的夕陽，彷彿要勃然躍起似的。要不是他靠著牆邊走，應當看得見他的全身的，在這平臺上。

「就是那樣，」老二說，情不自禁的打了一個鼓舌。老大明白他指的是他戴的舊帽子和靠邊走的習慣。

舊帽子打邊門進來，立刻置身於新闢的豪華庭院間，那就是他們父親，今年七十五，挑著一擔空籮框子，全副舊式臺灣裝束，上是黑長袖衫，下是黑長管褲，光脚。

「你在這裏，我去跟他說。」老大忍不住地說。

老大走下樓梯。他的舊帽子已脫掉，正在把扁擔擱進樓梯後面的小倉房裏，五歲的大孫兒以手臂纏住他的腿，口口聲聲嚷著要把他推倒。他放好轉過身來，一把抱上他，親一親嘴說：

「再等十年，你就能推倒我了。」

小孩看到老大，掙脫下來，一溜煙地跑開了。

「孩子怕你。」他下巴一撮粗白鬍子，因笑翹得挺挺的。

「阿爸。我要跟你說。」老大坦率地說。

「慢點，」他指著滿把污泥的菜籮子：「等我洗它回來，行嗎？」

當他提了籮子走不上四步時，老大奪口喊說：「我來。」他站住，詫異地一轉身，目光柔和的回望。

「不，」他毅然地說：「我自己來。」

十分鐘後，老大看見他走來，衝口就說：

「請答應我，阿爸，從明天起，再不出去賣菜！」

「你只能告訴我這話？難道除了這以外，沒有什麼可以告訴我的？」

「答應了吧，」老大懇求說：「你想，人家會說咱們什麼壞話？」

「人家？嗯，人家都說，我有兩個能幹的兒子。」

「天知道，他們背地裏說什麼？」老大說：「如果再那樣做，咱們家聲要掃地了！」

「原來你是要教訓老子？你敢借老虎的膽子來教訓老子？」

「求求你，阿爸。就留在家裏吧，咱們錢有了，喜歡玩什麼就玩什麼，何必挑菜賣呢？」

「你不如叫我死，死了，躺下來，事情不做了，多乾脆！」

說也沒有用。第二天，晨雞一啼，他照例的挑著空籮子到村口「歹貨」的菜園去。（「歹貨」是批發商的混號。）他從那裏買進菜，挑到城裏賣。

「鬍鬚，」歹貨不客氣地叫他的混號：「這地方不是你該來的。」

「除了警察，沒有人管得著我。歹貨！」

「這是窮人的地方，有錢人不准進來！」

「歹貨說歹話。看，菜給雞子啄光了，還不趕走？」他指著歹貨背後一堆花菜。

「我才不上當！」歹貨脖子直挺，表示他不看背後。

「我曉得你不上當，可是那菜呀，咬得稀爛了！」

他看歹貨把頭往後一轉，忍不住哈哈嘲笑。那裏沒有半隻雞，菜都完好如前。歹貨扁平的面孔漲得通紅，連聲地罵：鬍鬚！鬍鬚！鬍鬚！

菜稱好，他要付錢，歹貨說一斤漲五分。

「你說什麼？」他說。

「別裝聾，一斤漲五分。頂便宜。」歹貨說。

「昨天漲，今天又漲，你這搞什麼鬼？」

「嫌貴，儘可以盤起腿來吹鬍子，如果我是你，一定那樣做！」

「老子教訓你一頓！」他一伸手，給歹貨一個巴掌。

他清楚地看到歹貨蹲下去搶扁擔，但來不及躲開，他覺得腦袋有種滾熱的東西擊下來。

「就是那樣，」老二打個鼓舌說：「他眞的留在家裏了，倒不是咱們希望的那樣。」

「這是一個轉機，」老大說：「他會打消賣菜的念頭。」

「醫生說他還得躺一個星期，他從沒有那麼久不出門。」老二說。

「他傷得並不輕，會不會壞下去呢？」

「下女說，他沒有叫痛。」

「我也沒有聽他叫痛，你呢？」

「沒有。」

他倆再到他的房間去看他。他正在跟大孫兒說：「我十五歲時，就把祖父推到了，我們鬥臂力，相持一個晚上，最後油燈盡了，搬到院子裏鬥，我終於推倒了他。」不出醫生所料，一個星期後，他的傷口治癒了，他一下牀便走到樓梯後面那間小倉房去。

「你們誰把我的菜籮子帶走了？」倉房門開，他便咆哮起來。

女傭說不知道。媳婦也說不知道，老大老二回來時，承認是他們把它帶走了。又是你們倆，他說。你們有了錢就叫我不做事！我還沒有死，他說。他們不等我死，就叫我死。我一天不做事，就等於死了，他說。你們到底是擁有三層樓房的人！你們神情，就像那樣，他說，你們兩個孝子，人家這樣說，你們就得意了，不是嗎？他說。

兄弟倆始終沉默著。

挨過一天，又一天。他在家裏無事做。他的筋骨註定要勞碌的，並不適於安閒地過日子。家人勸他逛街，他不感興趣。勸他種花，他不感興趣。我不是可以盤起腿嚼檳榔的那一種人，他說。

他病了，明天，又得挨過日子。

當送走醫生後，兄弟倆又爲新的煩惱大傷腦筋。

「連醫學博士都查不出毛病。」老大說。

「他不喜歡留在家裏，就是那樣。」老二說。

天未明，他便戴上那頂舊帽子，挑了空籮子去到歹貨的菜園。他看到歹貨把兩個指頭揷進嘴裏，向他吹了一陣哨子，不覺罵道：

「歹貨！混賬！」

「鬍鬚！混賬！」歹貨也毫不示弱。

「上次老子吃了虧，這賬你要記著，下次再抬價，就小心你的牛腿！」

出路

一

七點一刻，他醒了來。廚房傳來妻子洗碗碟的聲音。孩子昨晚發燒嘔吐，此刻想必是睡著了，要不，不會這樣安靜。昨晚他們夫妻倆輪流看顧他，熬過了一個晚上，他下意識裏很想再睡一會，但時間已經不許了，得及時準備上班才行。

起牀，打開窗帘，陽光耀眼，早晨的天空，難得這樣藍得透澈。但，屬於他的早晨，畢竟很短，花掉十幾分鐘的時間漱口洗臉，再花掉同樣的時間喝一杯豆漿，吃塊麵包，往後的時間，就不屬於他的了。

妻子已經端了早點來他房間裏，他習慣地細嚼起麵包來。因爲起得早，他才有時間這樣細嚼，像偶而遲起，來不及吃的時候，他就一面穿衣，一面讓妻子把食物送到他嘴裏﹔待他穿好衣服，早點也吃完了。不過，除非不得已，他還是不願意這樣吃法。

在慢慢嚼完了最後一口麵包時，他遲疑一下，才對妻子說：

「我晚上有事，怕要晚一點回來。」

「加班嗎？」妻子憂慮地問。

「嗯，總公司有人要來，上面要我負責招待。」

「找人代一下吧，邱。」妻子乞求說。

他搖頭。如果是別的時候，還可以設法找人代，但今天斷然不行。

「小邱如再發燒，怎麼辦？」妻子說。

差不多上班的時間了，他一聲不響，穿起衣服來。

「如果是腦炎，怎麼辦？」妻子又說。

腦炎，他像預期中挨打了一支針，瞪眼看她，但她已側過臉去﹔只看到她披在雙肩上的一頭亂髮如麻。有腦炎的嫌疑，是昨晚醫生給提起的。昨晚，他不止一次地考慮過請假，但想來想去還是不可請，這是個難得的機會，他必須把握住，讓總經理對他留下好印象，也許會幸運地被擢升，調到總公司去。要找出路，到總公司服務是一條捷徑，他多年來的願望！總經理難得南來巡視，也難得上面派他負責招待。這都是機會！

他已穿好衣服，接著便打起領帶來。不知幾時起，妻子已開始在飲泣。

「小邱那樣子，我一個人照顧不了！」她無助地說。

「別總是想依賴我，」他安慰她說，「妳照顧得來的，妳試試看。」

妻子不再哭泣了，不住地用手背揉著鼻子。再呆下去，就會遲到。他匆匆地結好領帶後，就走進妻子的房間去，那兒，孩子渾身無力地睡在單人木牀上，張著嘴巴在呼吸。兩條因小兒痲痺殘廢的瘦小的腿，不相稱地銜接在不規則地上下鼓動的腹部下面，臉色白如臘。妻子跟進來，在他背後無聲地飲泣。

「有什麼，妳就打電話給我吧。」他說了，大步跨出門去。

「你不回來，都沒關係！」妻子在他背後叫。

二

八點十分，他到了公司。大門要到八點半才開，他走旁門進去。所有的職員中，他上班最早。提早上班，不是公司的規定，是他自願的。他要對工作負責。

簽過到，他便開始做每天例行的第一件差事，——督導工友清潔辦公廳，公司規模大，在城裏是數一數二的，他是總務方面的負責人。進來公司才不過五年，他憑一股幹勁爬上了現在這個位置，不只和他同時進來的人，就是比他先進來的人，都瞠乎落在其後。

踏出辦公室的門，就往二樓爬，二樓是經理辦公室和接客室。他習慣地從二樓開始巡視，然後三樓，最後是底樓。經理對公司裏的清潔，要求很嚴。偶一發現地板上有污塵、紙屑，或煙蒂時，碰釘子的常常是他，不是工友，也不是主任。今天和平時不同，更應該愼重些。

老湯在梯口轉角處推動打臘機，整個二樓地板才打了一半，臘油也沒抹均勻，通常這個時候早該打完臘，做最後一次整理工作了，他禁不住心裏一股無名火向上冒。

「老湯，你這是幹什麼？我昨天那樣交代了你！」

老湯俯伏著的眼睛略抬起來，說：

「很不巧，老婆昨天晚上生了孩子了！」

「趕快做吧，等一下還有事情交給你做。」他抑住心中的怒氣說。

「是！」老湯說罷，惶然地繼續打地板，額上直冒汗。他站在一旁，冷眼地看著，覺得他的動作遲鈍得像隻蝸牛，心裏雖急，但又不能光站著催他做，正要走向經理室時，老湯的聲音在他背後響了：

「股長，裏面，我都弄乾淨了。」

他討厭屬下對他提醒任何事情，一聲「嗯」也不屑說，便走進經理室去。

裏面大致很清潔，但他還是謹愼地查看一下經理比較注重的東西，看看擺的位置和角度是否適當美觀，以及是否清潔。花瓶裏的汚水已換洗過，保溫杯，煙缸也都洗乾淨，玻璃墊更是一塵不染。但，下意識裏，他直覺得光做到這個地步還不夠，也許需要再加點什麼佈置，以壯美觀，加強氣派。因爲總經理今天要來巡視。他一面想，一面坐到經理的椅子去，經理的嗜好、趣向，他都摸得熟透，現在他需要拿經理的眼光去研判，應該在經理室再加上些什麼佈置。這一向他在這方面表現很好，所以深獲經理的器重，經理的痛癢處，他都能一伸手搔得到。轉念間，他就決定配上兩隻大花瓶和兩束鮮花，而把原來那一隻花瓶搬開。他立刻撥電話分別通知陶瓷行和鮮花店去辦。

出了經理室，接著到三樓和底樓察看，察看完，回到辦公室時，竟和平時一樣，差五分就是九點了。坐下，點一枝煙，便抽起來。在做完一件工作後抽一抽煙，不但可以領受到一種舒適感，而且還可提提精神，他經常就是這樣，足足花上五分鐘的時間去抽一枝煙。但今天，却全沒有這種情趣。第一是對孩子的一份懸念，使他心情舒暢不開來，妻子不了解他對事業的一片雄心，臨出門時對他說的那句話，使他一直很覺痛心。再就是對總經理的種種顧慮，到現在，他只見過總經理一次，那也是五年前參加職前訓練時，坐在末一排聽他的訓話，總經理又矮又胖，但威嚴凜凜，滿口詩經道德，足足講了一個鐘頭，但下課出來時，班上五十多個學員竟沒有一個人知道他講些什麼。

但，這些都是無關痛癢的事。目前頂重要的是，如何接待總經理，使他對自己留下好印象，要不，最低限度也得不讓他有壞印象。這樣自己才有前途。

正想間，忽然桌上電話響了，以爲是家裏來了電話，拿起耳機一聽，却是總機小姐，說是經理請他立刻去。

時鐘才指八點五十六分，經理這麼早來上班，是少有的事。沒讓腦子細想，他就把那燃剩一半的煙用力捻熄在煙缸底，出了辦公室，直奔上樓，走進經理室去。

經理那短小的軀幹深埋在座椅裏，猛噴著煙。煙缸裏躺著三枝僅吸三分之一而被丟棄的煙蒂。他曾見過老湯把那些煙蒂撿起來吸。

「經理有什麼指示嗎？」他行一鞠躬後，恭敬地問道。

經理沒有馬上回答，悠暢地大吸一口煙，把那才抽完三分之一的煙蒂往煙缸裏一丟，身子依然深埋在座椅裏說：

「都準備好了沒有？」

「都好了！」他不假思索地說。

「大概十點左右，總經理會到。」

「是的。」

「如果他按時到的話，我們就照原定的程序進行。萬一來遲了，就調換一下程序。這都要相機而行。」

「是的。」

「總經理餓不得肚子，他肚子一餓，就大發脾氣。所以絕不可以讓他在應該吃飯的時候聽簡報。」

「是的。」

他覺得經理用奇怪的眼睛看著他，不覺擡手摸一把臉，心想，也許是自己昨晚沒睡好，臉色顯得難看，但他的猜想錯了，在經理剛要說下一句話前的一剎那間，他已直覺出來。

「昨天的預演很成功——」經理說到這裏，忽然伸手去取桌上的一枝香煙。他很快地掏出口袋裏的打火機，趁經理把香煙啣到口裏同時，給點上了火。

經理滿心歡忻，接連猛吸幾口煙後，說：

「照昨天預演的樣子去做，就不會錯了！」

昨天，經理爲愼重起見，特別召集全體職員作了一次歡迎總經理蒞臨分公司的預演。從總經理的座車抵達公司門前，經理率領全體職員迎接的場面開始，然後介紹幹部與總經理認識，然後是工作會報，座談會，最後是聚餐，前後花上兩小時又三十分的時間。在整個兒預演中，他成爲公司裏最忙碌的人，因爲每一個場面中，他都要出場。

「是的。」他遲些才應道。

「公司裏裏外外多查看一下，總經理的潔癖是企業界有名的。」
「是的，經理要不要巡視一下？」
「噢，好，等一下我再看看。」
他覺得經理的話已經講完，行一鞠躬要出來時，忽聽經理叫他：
「邱股長！」
他下意識地站住，應了一聲：「是！」
「你的鬍子最好去刮一下。」
「是！」他再行一鞠躬，走出經理室去。

三

他回到辦公室坐下，重新點上一枝煙吸起來。桌上已放著一堆卷宗。他一向看公事很快，眼前那一堆公事，不要花多少時間就可以看完。但現在他有兩件比看公事更重要的事情待辦：一件是再巡視一下公司裏裏外外的清潔；一件是刮鬍子。剛才經理用奇怪的眼睛看他，原來是嫌他鬍子沒刮。人的直覺往往不一定準確。

他先到附近一理髮店刮鬍子，回來時，工友告訴他，他太太曾打電話來，問她有什麼事，她說沒事，等一下還要打來。一定是孩子身上有事，她才打電話來，家裏沒電話，要到一百公尺外的雜貨店才能借到電話。這眞是傷腦筋的事情，既不能打電話回去問，又不能抽空回家看一看。

正想著，電話鈴又響了，急急拿起耳機一聽，却是總機小姐，說經理有事請他上去。他立刻放下耳機，直奔到樓上經理室。經理正在來回地踱步，旁邊，陶瓷行的小廝面孔縮成一團站在那兒，看到他，如獲救似地說：

「啊，朱股長，這花瓶，你要買的！」

「你買那大花瓶做什麼？」經理停住脚步，衝著他問。

「因爲總經理要來，所以想裝飾一下——」

「不要裝飾！總經理不喜歡裝飾！你這樣表示沒有撙節開支！」

「是！」

「你知道嗎？總經理自己辦公室縱有花瓶，也沒有它的一半大。你簡直要摜掉我的烏紗帽！」

「是！」他誠惶誠恐地應道。

「這兩隻花瓶怎麼辦？」小廝困惑地說。

他望向經理一眼，經理一肚子怒氣還沒消，衝口說：

「送回去！」

小廝啞然地望望經理，又望望他。

「我叫你送回去！」經理又衝口說。

小廝怏然地帶了兩隻花瓶走了。

「原來那隻花瓶就夠了！其他佈置都是多餘的事！」

「是！」

電話鈴響了，他站的地方比經理離電話近，惟惶惟恐伸手去接，出人意外地，是自己妻子打來的電話。經理在旁邊像等著要接電話的不耐煩神情，使他手裏不由得揑一把冷汗。

「誰叫妳打到這裏來？」他不覺生氣地說。

「他們說你在這裏。」聽筒那邊說話的聲音很小，好像距離很遠：「邱，你能抽空回來一趟嗎？」

「現在不行！」

「你得抽空回來，邱。」還是那無助的聲調。

「我看看吧！」他沒讓她再說下去就掛上電話，然後向正在狐疑的經理說：「內人打來的。」

「哦！」經理似乎費力地想著怎樣接下去洩怒似地說：「我說過，公司裏裏外外多查看一下，總經理的潔癖是企業界有名的。」

「是！」

「好，沒事了！」

「是！」他恭敬地行一鞠躬出來。

四

回到辦公室裏第一件事，就是打電話給鮮花店取消原訂的鮮花。花店老闆雖然心裏不樂意，但因爲是老主顧的關係，畢竟勉強答應了。

然後，他便照經理的指示，重新把公司上上下下、裏裏外外都查看一遍，除了幾處地板因人們踏來踏去，有點兒汚跡之外其他都很好。但爲了愼重起見，他還是一一指揮工友把它整理乾淨。工友們因曉得總經理要來，也都很賣力工作，沒有一句怨言。

回到自己辦公室，看看壁鐘，差不多將近十點了，本想抽空回家一趟，但看樣子是來不及了。一想起孩子，他的心就像被宰割一樣，生下才一個月，就害了小兒痲痺症。婚後歡愉的生活短暫地便結束了，花在孩子身上的時間、精神和金錢不計其數。幸而，生活上的虧缺，在工作方面得到了彌補，在同輩中，他官升得最快。自然，這要靠一種學問。學問，他自顧自想著，不覺在肚子裏冷笑起來。

突然，他下意識裏覺得有人走過來站在他桌邊，不待轉眼一看，他已直覺出是經理，兀地站了起來。

「經理有什麼指示嗎？」說著，臉上很自然地堆起討好人的笑容來。

「都沒有問題吧！」經理嚴肅地問。

「沒有問題了。」他像平時一樣，直截了當地回答。

經理滿意地點點頭，說：

「照昨天的預演一樣做，就不會錯了！」

「是的。」他說罷，掏出放在另一個口袋裏的一包洋煙出來，恭敬地遞一支給經理，經理「哦」地一聲接過手，才銜在口裏時，他已迅速地打開打火機，給經理點上火。

經理輕「哦」一聲，抽起煙來。

「時間也差不多了！」經理把自己的手錶對準了壁鐘說。

「是的。」

整個辦公室的氣氛，從經理出現的一刹那起，就開始有些緊張起來。他領略得出這種氣氛對職員們的心靈反應，因爲他曾經也是他們中的一份子。這一下，空氣像被壓縮了，一種難以忍受的壓力沉甸甸地壓蓋在頭頂上，使得身上每一個細胞都拘束起來。

經理似乎無視於這些，張著粗大的眼睛東看看，西望望，但那顯然是沒有帶著任何目的地張望，從他平時鬆懈而現在繃得很緊的臉上肌肉看出他全神貫注在總經理的到來。看樣子，總經理在經理心目中，有如經理在小職員心目中的那種情味。他心裏禁不住湧現出想拍一拍經理的肩膀那種衝動。過去，在某些場合中，他常常有這種衝動，甚至有一兩次，把伸出的手又偷偷抽回來。他到底還是不敢冒然去做。經理依然站著，他不得不陪著他站立。除非經理親自坐下，否則，他不便請他坐下。經理接連地抽著煙，雖然已經抽完了三分之一強，但仍沒有扔棄的樣子。反常，他在心裏對自己說。孩子不知道怎麼了？妻子一定望眼欲穿地等著自己回去。剛才電話中那無助的聲音——

想到這裏，忽然聽見派在門口守候的工友叫喊：

「總經理來了！」

大家都放下工作，迅速地跑到門口，照預演那樣，以經理爲首，沿著夾道排成兩列。在經理不斷地清喉嚨間，總經理的座車開過來，在門前停下。他緊盯著經理趨前，不待司機下車，就打開了車門。

總經理拎著一隻厚厚的公事包下車來，一面含笑，一面對歡迎者點點頭、搖搖手。經理伸手要拿他的公事包，但他沒有讓他拿。也許公事包裏有重要文件，他一面想，一面站在經理旁邊，極力裝出一副討人好感的笑容來，以引起總經理注意。但失望得很，總經理竟連一眼都不看他。

「快到樓上去準備接待！」經理忽然附著他的耳朵說。

他應了一聲「是」，就向門裏走去。在樓梯口處，轉頭一看，總經理正和一些高級職員們在握手。

二樓裏寂然無聲，他進去接待室，裏面佈置高雅，予人一種恬適的感覺。出來，吩咐服務臺的女工友隨時準備倒茶，然後整一整衣服，站在梯口與接待室之間，好等總經理上來時接待他，給他一個好印象。到現在爲止，總經理並不認識他，但那並沒關係，他可以趁這個機會讓總經理知道他的存在。不一定要讓他知道他的姓名，只讓他腦子裏留下這兒分公司有個能幹的總務股長就行！好像機會來了！第一個印象很要緊，除了儀表，就是笑容，叫自己裝笑容，並不是一件難事。他逼著自己想起過去愉快的事情來，這樣笑起來才會自然。

這時樓梯突然傳來了聲響，很快的經理陪著總經理上來了。總經理還親自拎著公事包。

「總經理！」他叫了一聲，恭敬地向他行一鞠躬。

總經理只輕輕對他點一下肥圓的下巴，就隨著經理走進接待室去了。本來以爲總經理會跟他握手，或者經理會給他介紹的，但這兩樣都落空了！他感到有些失望，但立刻又振作起來，因爲機會又來了！服務臺的女工友端了兩杯茶正要進去接待室，他喊住了她，說：

「等一等，我來吧！」

他把茶杯接過來，親自端進去。總經理和經理面對面坐著談話，他把茶杯擺在他們各人面前，但他們倆既不說一聲謝謝，也不擻頭來看他一眼。他掃興地退出來。

他一直在接待室外面等待著，以應經理的召喚。這種滋味很不好受，但，幸而時間不會太長，因爲接下去有工作簡報，還有座談會與聚餐。不知怎的，他忽然想起孩子來。可憐的孩子渾身無力睡在妻子的木牀上，張著嘴巴呼吸，不規則而上下鼓動的腹部下面，有一雙被小兒麻痺症摧殘的瘦小如柴的腿，妻子的飲泣使他越對自己感到無助。「如果是腦炎，怎麼辦？」妻子說的話正是他心裏早就想著的話，但他老是讓妻子先說出來。早晨上班前的緘默，是針對無助感的一種反應，這也是沒有辦法的事。

「邱股長！」經理的叫聲從接待室裏面傳了來。

「是！」他應了一聲，進去。

「叫各單位主管到這兒來！」經理命令道。

「是！」他說了，暗地裏向總經理望上一眼，總經理正在俯首看文件，似乎無視於他的存在。這眞是豈有此理！

「快點！」經理又命令道。

「是！」他說罷，狼狽地退了出來。

五

第二次會報在兩面豎著中國古代宮闈式屛風的那一邊進行著。總經理是惟一的主賓，經理、業務、推廣兩單位主管、附近另一家分公司經理，加上同數目的酒女作陪，剛好湊成一桌。

他因職責所在，靜待在屛風外面侍候他們。像這種事兒，他是司空見慣了。當經理歡宴一些業務上有關人士時，他都要在一旁關照一切，任勞任怨。妻子常常埋怨他回家遲，但那是有代價的，畢竟他贏得了經理的信任。

屛風那一邊酒已酣，他們以驚人的速度報銷著「公賣酒」。總經理大笑，大家也跟著大笑；總經理不笑，大家也跟著不笑了。五彩繽紛的紙壁上面懸掛的一面鏡框裏，映照出總經理與高采烈的面容，那幅鏡框是一家電器行祝賀這間酒家開業紀念送的，在那以紅漆正楷字寫的「電器行敬贈」五個字上面，他看到總經理那隻粗大的巴掌在酒女隆起的胸脯上一會兒鬆一會兒緊地捏著。

「唔嗯，是眞貨啊！」總經理假酒醉地嚷道。

「請你正經一點，好不好！」酒女推開他的手。

「我是正經啊！」總經理悠然地說，伸手剛要捏時，又很快地被酒女推開。

「喂，咪咪，總經理要疼妳，不好嗎？」經理以熟稔口吻說。

「疼。不是這種疼法！」酒女潑剌地說。

「總經理跟妳睡覺好不好？」推廣部主任輕聲地說。

「好呀！總經理跟妳睡覺！」經理說。

「失禮哦！我不跟人睡覺！」

咪咪離開座席出來，背後有人說她「假仙」，但她沒去理他。她看到了他，他跟前走來。

「呀，你在這裏！」她說。

「嗯！」他輕淡地應了一聲。

她渾身是魅力，站在那兒像一顆耀眼的金寶石。本市的酒女，差不多一二流的他都認得，他們也認得他，由於他是管總務的，要給多少小費他能作主，所以酒女們對他總是另眼看待，他沉著臉，沒能像平時一樣和她搭訕，或者吃她的豆腐。他聽到屏風那一邊，經理和總經理的對話：

「這個尤物不錯吧？」

「嗯！不錯！」

接下去是令人不忍卒聽的淫穢話，別人一定都在洗耳恭聽，要不，不會這麼靜得離譜。總經理突然大笑起來，餘人都成了「陪笑女郎」，也張口大笑起來。

咪咪屁股一搖一擺地走去酒保那裏，要了兩杯酒回來他面前。

「喝一杯吧！老總！」她說。

他接過酒杯，被動地和她碰一下杯，勉強喝了三分之一，舔舔舌頭。咪咪看他沒喝乾，也就只喝掉二分之一。

「今天怎麼啦！有點反常。」

「沒怎麼。」他抹去嘴唇邊酒滴。

「乾掉它，老總，看在同業的份上。」

「同業!?」

「不是嗎？我們同樣在服侍別人，別人享樂，我們受罪。」

他輕「哦」了一聲。他知道一些咪咪的身世：曾受過中學教育，家裏有一個半身癱瘓的父親，和一個嗜賭如命的母親。之外，有一套令男人心折的「絕技」。這都是他的前任「移交」給他的。前任那個股長曾把這一一記在小筆記本上，願意借給他去抄，但他沒有抄。「我看你能吃多久的素？」臨走時，他曾這麼說。他當初聽罷很不服氣，但半年後的現在，却覺得他講得蠻有道理。

「聽說他到總公司接了一個肥缺。」咪咪說。

「他?是誰!」

「你的前任。」咪咪高舉酒杯,細瞇一下雙眼皮的眼睛:「乾掉,預祝你官運高照!」

他像被誘引著似地,一傾而乾。

「這兩杯酒,記在我賬上。」他說。

「不,我請客。」咪咪堅定地說。

咪咪回到屏風遮起來的那個小世界去了,只有在那被劃定的小世界裏,人的獸性能藉機發洩而不致受到責難。但那還是很虛僞的。在這充滿虛僞的人生裏,他演的角色竟那麼微不足道,使他不由衷地感到一陣悲哀。他巴不得很快回到孩子身邊去。

六

很晚,差不多將近午夜,他才回到孩子的身邊,孩子已被送進醫院裏,面上套著氧氣套,困難地呼吸著。

他避開妻子充滿憤懣的視線,默默走向牀邊,就地跪下。

比禱詞更快浮上腦子裏的是:××大飯店A級八〇一號房間。明天得起個早去為總經理安排一切。

怒張的太陽

一

法警剛才來找我。

「你父親病得嚴重，我們特別准許你去看他，明天去。」他用力說出「特別」兩個字。

我慨慨地看他平板而滿臉像塌陷的面孔，一句話不說就把視線移開。

「你不願意回家看他？唔嗯？」

「我誰也不要看！」

「看你的父親，不是看誰。」

他沒有其他法警那種職業性的不耐，倒是我自己不耐煩起來。我有點不屑地說：

「我沒有請求！」

「你的家人代你請求的。」他嘟一嘟嘴巴：「明天吃過早點，我們就走。上面派我跟你一道去。」

「我不要去。」

「爲什麼？」

「我沒有請求。」我還是這句話。

「你這個人反常，我來那天就看出來了。」他著意地說：「別想著出去很容易，和你作同樣請求的人經常有，而且很多，但能獲准出去的，少之又少。他們說的。」

我暗地裏生起氣來了，新來不久的法警，一點不乾脆，公事既已傳達，又得到我的口覆，大可以回去報告上面；拉拉扯扯，嚕嗦得很。沒容我把這份情愫激發爲語言，他又已開腔說：

「我好意勸你，既然上面准了，你最好還是去。」說了，使勁一轉身，走了。

已是薄暮。熱浪漸退。看守所裏梧桐樹上，蟬聲此起彼落。

我坐下來，伸張四肢躺下。兩席半的羈押間，仍覺空間太多。片刻也好，我要安靜，我要丟開一切往事，我要腦子裏什麼都不存在！我要——

二

天氣很好。

金黃色的田一片接一片，青色的山脈一峰接一峰，好像定著在侷小而浮動的一晴如洗的藍天下。

我把視線收回靠近車窗的範圍內，情緒很不穩定。沒一會兒，我閉起眼睛，但再沒一會後，又睜開。眼皮又酸又澀。

法警自動地解開我的手銬，從我身邊座位換到我正對面的座位來。儘管從出了看守所時起，他就裝得漫不經心，但我看得出他骨子裏一直緊張而細心眼兒的在監視我。

「你昨晚沒有睡好！」他說。

「嗯。」懶得跟他多說。

他從口袋裏摸出了半包新樂園，取一根啣在嘴裏，另取一根遞給我。他先給自己，然後給我點火，我一時煙癮大發，猛抽起來。很快地抽完了煙。他再遞一根要給我，但我沒有興致接受。心頭有一份壓力，隨著輒輒的輪響在加重。

「還是出來的好，是不是！」他那奇突但不難看的下巴拉得又尖又長。

「嗯。」

他也許看出我無心談話，便自顧自轉頭去看車外風景。我不願意看父親，看了他只會嫌惡，不會有好感。這種感受，從我略懂事時候起就存在，而且到了母親死後更厲害。如今，已無從掩飾。也許我應該留在看守所靜候判決的。兩個月來，他們為我的案子一再開庭辯論，我當著庭上回答法官都說「不知道」。法律要怎樣制裁我，那是他們的事。

「活著，是什麼樣的一種滋味？」粗鬍子問媽說的。媽遲未作答，粗鬍子猛一抬起拳頭，打著空間說：「空的！人生一切是——」

我好像擠在大戰末期用貨車改裝成的沒有窗子的代用客車裏，一會兒開一會兒停。逼人的暑氣，擁擠的旅客，體臭和汗臭味迴盪其中，又難聞又難受。同車的，有媽和粗鬍子，粗鬍子要偷運黑市貨——米和花生，到城裏轉售圖利。媽帶著一斗米，打算到城裏換些舊衣服回來給我們穿。這是媽平生第一次做違法的買賣，所以打一上車，她就擔心被刑警查覺。粗鬍子真絕，上車之前，他一次拎起三包裝在麻袋裏的黑市貨，從三百公尺的遠處直奔到鐵軌邊，中間翻過一道欄杆，又巧妙地矇過駐站巡邏警的眼睛。他教我們低伏在靠月臺的鐵軌邊，等火車進站。火車靠站了，他一個個把我們接上車，最後他自己才上。

「不該讓妳出來，」我們上車一站定，粗鬍子就憤憤不平地說：「這種工作不是女人幹的！」

「他沒叫我出來，是我自己——」

「他呆在家裏做什麼？盤起腿來納涼？喝茶？」

「別說這個，好不好？」媽央求道。

「我不說，肚子裏那條蟲子沒法子安靜！做個丈夫，太沒責任感了！」

媽默默不說話。火車在過鐵橋，咚咚，咚咚，——好長好長的橋。車門吹進來的風，沖散了人們的體臭和汗臭。不知怎的，媽的眼睛溼了，粗鬍子那句話就是這時候說的：

「活著，是什麼樣的一種滋味？」他問媽說，媽遲未作答，他等不及似的，猛一抬起拳頭，打著空間說：「空的！人生一切是——」

車子遇空襲便停，停停開開，好幾個車站過去。每個車站出入口處都有憲警在檢查旅客行李，發現有帶黑市貨嫌疑的，不分男女老幼，一個不漏地架了走。那被架走的，準是凶多吉少，粗鬍子說，我不會笨得走那個門。他已胸有成竹，他要我們母子倆在目的地前一站下車，沿鐵路向北走去，走到公墓那地方，等接他從車上丟下的黑市貨，他在抵達下一站後，會很快地趕回來與我們會合。

「這一次絕不許失敗，」粗鬍子悽然一笑說：「我不願意被抓去灌水，水注入鼻膜裏可不好受！」

「最好不要幹了啊！」

「如果有更好的謀生方法，我寧願不幹！」

他們沉默了。我一轉眼，從旁立的成人的雙股間看到了車門外擺動不定的看天田，稻子已熟，但金黃的稻穗少而又少。我放低眼睛，連綿的青色山脈高而遠，我望著望著，不知幾時，竟睡著了。

我被搖醒時，強烈的陽光已射進門裏來，車速轉慢。

「下車啦，孩子！」粗鬍子站直，浴著下半身的陽光，猛拍一下我的屁股。

火車停下，粗鬍子扶我和媽下車後，向我們擺一擺手。我們儘快沿著鐵路向北走進去，沒幾分鐘，列車就從我們背後開來，超越我們而去。我們抵達斜坡的公墓時，粗鬍子那三大包黑市貨和媽那一斗米已安全丟在鐵路邊通往公墓的小徑上。

然而，粗鬍子他並沒有依約回來。

粗鬍子搭乘的那班車，在將要開進下一站時，突遭盟機偷襲，列車全毀，乘客十九遭難，我們趕到肇事地點，在屍體纍纍的代用客車裏，找出躺在血泊裏的他，他的下體因中彈而血肉模糊。我驚嚇得不敢再看第二眼，濃烈的血腥味，使我肚裏的食物一起傾吐出來。

「仁丹要不要？」法警有濃重土音的聲音，倏忽把我驅回現實裏，我像剛擺脫開一椿恐怖事件似的，隱隱感到一陣餘悸。

「來一點吧，唔嗯？」法警把仿地球儀做的精巧小塑膠盒子湊過來，我遲遲攤開手，他倒了七八顆銀色小粒在我手掌上，我想我的臉色一定有些失常，才使他想要給我仁丹吃。一向那麼厭惡的仁丹，含在口裏竟覺得又涼又香又可口。

「覺得好些了吧？」他依然拉長著那奇突的下巴，關心的問。

「謝謝。」我的語氣在我自己聽起來，不像先前那麼冷淡了。

「還有兩個站，就要下了。」法警一望他的手錶：「車站到你家有多遠？」

「大約十公里路吧。」

「我看我們最好僱輛計程車去。」

「不是要去醫院嗎？」

「不，令尊今早出院了。」

我輕哦了一聲，父親出院，就是表示他的病已沒有希望。法警大概曉得這情形，所以在說完話時，面孔依然含著淡淡的哀意。

「他不是你的養父吧？」我沒有表示什麼，才使得他這樣發問吧。

「不是。」

「那麼是你的生父了？」

這麼瞭然的事都要問，我一面想一面點頭一面不耐煩起來。

「你對生父一點感情都沒有？唔嗯？」他說，好像不相信眞正有這麼一回事，「你生父重病將死，你一點不哀傷？」

我搖頭。

「看來，你痲木了，痲木，你的感官都是！」

三

紅色的計程車穿出鎮街後，直往時彎時直的公路上疾馳，法警的視線不時注向加速飛後的鄉下風景，和頂在風景線上令人發昏的怒張的太陽。

屁股的座墊很燙，但我只能作有限的移動，因爲我與法警之間，有一條電錶鎖鍊把拷在兩人手腕上的手銬連接在一起。手銬是下車之前法警給拷上的，在於防止我逃亡。其實用不用它，對我都是一樣，即使有機會讓我逃亡，我也懶得逃亡的。

車子已開到荒涼的山丘，支著我精神的那根支柱倏忽又挺直起來。母親，我心靈的慰安所，久違了，我答應他們出來，主要目的是來看妳，不是看父親。這是重要關頭，我得試著說服法警。車子爬過第二個小丘，我跟法警說：

「前面店仔旁邊停一下，好嗎？」

「你要幹什麼？」意外的，他的措辭很狠。

「讓我下去一會兒吧，拜託你。」

「不行！」他斷然地說：「不到你家不可以下！」

車子慢下來，法警對司機吼了一聲，叫他繼續開快。只一瞥之間，那家孤立路旁的店仔過去了。我掉頭眼巴巴瞧著店仔後面墓標參差的公墓，直到它從視界裏消失後，才心灰意冷地把頭捽在前面座椅的背上。

「你要下車幹什麼？那兒盡是荒涼的山丘，只有那麼一家骯髒的店仔。」

我默默地冷冷地望著他。

「你必須明白，我在執行任務，我的任務是安全帶你出來，讓你見到令尊後，安全帶你回去。」

「你以爲我會逃亡嗎？」

「荒涼的山丘，只有那麼一家骯髒的店仔，你下去幹什麼？」他問。

我默默地冷冷地看著他。

「你到底下去幹什麼？」他又問。

車子已開過山丘很遠，我曉得說了也是徒然，所以默默地沒說什麼。

四

前面竹林縫隙間，我家獨立的院宅，若隱若現。廣壯的院宅，在我出案子之前已有幾分荒廢，現在諒必比前更甚。

我在正門前，叫車子停下，才和法警走出車，孩童們早已聽到車聲，跑攏來看熱鬧。倏忽間，大人們也跟著來了。在法警叫門間，我在他們之中認出了幾張熟面孔，但他們很快地躲開我的視線，退到人群後面去。

「吁，吁，站開一點，我看不見！」

「小心！不要跑近去！他殺了人！」

「他沒有殺人！是別人！」

「警察帶他回來幹什麼？」

「他們會不會槍斃他？」

「天曉得！」

「砰！砰！完了！」

「吁，看他關在牢裏，還是那副死懶懶的樣子！」

「老虎太不幸了！出了這麼一個兒子！」

人越聚越多，叫嚷聲也越來越大。他們對我的謾罵和惡評，都無法令我發怒。我只憪憪地報他們以輕蔑的目光。法警樣子有些緊張起來。還好，這時大門已打開，是妻開的門，法警迅速把我推進門裏，一轉身，迅速關上了大門。

妻比以前更瘦，穿著家居便服，薄粉淡抹，初見到我時那複雜的喜悅表情，因爲看見緊釘住我的法警和我手腕上無情的手銬，又驟然消失了。

「水蓮！」我略用力才叫來。

「沒想到他們讓你出來！」她抽回猛伸到我手邊的一隻手去抹眼角。

「是妳申請的？」

「我不能不試一試。」妻似乎極力在克制情緒。「我得捉住每一個機會。」

僅僅兩個月的時光，她變得堅強起來了，跟案發當時動不動就哭哭啼啼的情形相比，多麼地不同。這時，妻忽然轉身過去。在她背後數公尺處，我看到我那甫一歲半的孩子——黎明，正在拚命伸著小小的手，要摘他手指夠不上的高處花樹上一朵滿紅的花。童稚得可愛。

「黎明！過來見爸爸！」妻朝他叫一聲。

孩子的臉快要轉過來的一刹那，我很快把背轉對他。我怕他看到我這副準囚犯相，雖然我知道他小小心靈裏並不會留下些什麼印象。法警也許察知了我的心，默默走過來解開我的手銬。

「黎明！過來見爸爸！」妻再叫一聲。

妻的話沒有發生作用，孩子似乎非把它弄到手不可，脚跟踮起來，手也伸得更長，但身子失去重心，撲倒在草坪上。妻走去抱他起來，孩子沒有哭，拚命搖動全身，掙扎著要下地去。妻強把他放在我的跟前。

「叫爸爸！黎明。」妻叱聲地說。

孩子抬眼望我一眼，然後把視線移到法警身上。

「黎明！」我蹲下去，握起他肥圓的一隻手想抱他起來，不想他猛一用力推開我，朝法警跑去，投身於他急急伸張開來的兩隻臂腕裏。這一下，我感到像被人吊起來猛掉在地板上的那種感覺。

孩子沒讓手空著，把玩起法警帶在腰邊的那裝手槍的皮袋子來。

「小小年紀就想玩槍？唔嗯？」法警和藹地說：「那不是玩具槍，裏面有子彈，大人玩的！」

我茫茫地站起來，聽妻感歎地說：

「孩子認不得你了。」

五

父親平躺在他常拿來自誇是王家三代人出生的那張老牀上。他、祖父和曾祖父——三代的人都是在那牀上出生的。「只有你不是！」過去每對我的言行有所不滿時，他總是擺出莫須有的威嚴向我雷吼。現在，他想雷吼都沒有氣力了。那張我屢次主張整修，但屢次遭受他反對的略呈鉛黑但實是赭褐色的寶貝牀，還保持著我曾祖父時代那種獨特的韻味，雖歷三代而未減分毫。

但，父親睡在那富有歷史的老牀上，似乎並不見得很寬心。他整個軀幹大大地鼓著，兩隻腿也浮腫得走了樣，使他那顆普通一般大的腦袋比例地顯得很小。一看便知他生理機能的衰退，嚴重地在威脅他的性命。

我輕輕地移步進去，剛踱到牀前時，忽見他眼睛慢慢張開，會神地盯住天花板，說：

「水蓮說你要回來看我，倒是眞的。」

「爸！」

「水蓮在嗎？」

「沒，沒在，她給法警泡茶去。」

「好，她不在好。」他的聲響乾癟癟的，像脫水過一樣：「她不在更好說話。」

「爸爸覺得好些嗎？」

「你想討好我，遲了！你對我從來就沒有好感。憑你的良心說一說，我那兒虧待了你？唔嗯？」

我默無一言，怕說了會激怒他。

「我辛辛苦苦生下你，養你長大，讓你受過大學教育，但你所幹的事情，沒有一件能令我滿意，做爲一個父親，我是失敗了，我沒有從兒子那裏得到什麼，我懷疑，我幹什麼養兒子？」

「那是荒謬的想法，爸。」我忍不住說。

「荒謬？不，它不荒謬！」父親撇過頭來，他的臉色蒼白，但眼神炯炯有光：「你生爲我這個姓王的兒子，難道也是荒謬嗎？」

「是的。」我料想他會發怒，但我還是不能不說。

「荒唐不經！」他當眞震怒起來，一拍牀褥說：「從你母親死後，你整個人都變了！是什麼使你變的？唔嗯？」

我默然不語。

「你母親嫁給我十多年沒生育，到處乞靈求醫，想盡了法子，用盡了苦思，沒想硬擠出來的是你這塊料！滿口眞理、正義、道德，能當飯吃嗎？對，我一直就想問你，你有沒有殺那個人？眞的，殺了？」

「不知道。」我懶懶地說。

「儍瓜！你要讓他們把你送上死刑場？」

「不知道。」

他怒叫起來：

「你神魂顚倒了，你！」

六

我把一疊銀箔，一張一張分別折疊起來，堆在墓前一塊水泥地上，法警幫我點起了火，火焰在白熱陽光的助威下，劈啪劈啪把銀箔燒成一堆灰。

公墓寬闊，遠比往年粗鬍子教我們母子倆等著接黑市貨那地點的公墓爲大。墳塚密密麻麻，除非再拓寬，似乎沒有分寸餘地。公墓四週是白褐色的荒涼山丘，彷彿是歷代死人的骨骼經過長年的風化作用而堆積下來的殘渣。

「你母親是怎麼病死的？」法警靜靜地說。

「血癌。」

法警愕了半晌，才駭然地「哦」了一聲。

「我很抱歉。」他說。

我猜不出他這句話的用意何在，我朝他望去，還是那奇突的下巴，在我每次對他注目時，都會首先吸住我的視線。

「我們來時，我該讓你到這裏來。」他接著說：「你在這裏，人活起來了。精神特別好。」

「案子沒發以前，我差不多天天來這裏。」我說。

「我還是不懂，你爲什麼對父親那麼冷？一定有原因，一定有什麼原因，對不對？」

「你這麼想？」

「我這麼想。」他頻點頭。

我忽然站立起來，漫無目的地移動起脚步來。「咔唧」！我忽然聽到腦子裏有某種聲響在嘀咕著，「咔唧」！它又嘀咕了！我脚步移動得更快，背後有鈍重的鐵靴聲跟著我。我忽然站住，鐵靴聲隨著停住。我的心鼓悸動得厲害。

略定神看看，公墓已遠遠落在後面，我置身於荒涼而四週一無遮蔽的白褐色丘頂上。烈日當空，炙得我眼睛睜不開來。在我背後，法警氣喘吁吁，擦著止不住的滿頭汗水。

「你還沒有回答我的問題呢。」他帶幾分沉著地說。

我幾乎使自己也能覺察出似地沉起臉來。我對他的問話感到一種「被問」的不愉快，但當想到他的動機是出於人類正常的好奇心時，不愉快的情緒便忽然消失了。接著我想，由單一而逐漸趨於複雜的心理過程，他是不是能懂，如果在同一環境，同一情況下成長的人，理該易懂些，但，對他，我又不能用長篇大論向他解釋。

「一定有原因，一定有什麼原因，對不對？」他又說。

「你還不到二十吧？」我問他。

「二十一。」

「三十五年生的？唔嗯？」我說。

「嗯，光復第二年生的。」

「你沒有跑過警報，沒有躲過防空洞，沒有挨過轟炸，沒有——」

「我聽父母說過。」

「你這是第一次做法警，是吧？」

「我做過兩年交通警察，做膩了，才來當法警。做法警比交通警察要好些，人家這麼說。」他苦笑一下。

「結果怎麼樣？」

「結果，第一次就陪你出來。」他倒噗哧地笑出聲來了。「現在該你說了，說你的那個原因。」

「我父親從小就好吃懶做，娶了母親後還是沒改，他打發母親去工作，自己可到處遊蕩、賭、嫖、喝酒，樣樣來。母親沒有一點埋怨，默默擔負起一家的生計，早出晚歸，每天三餐，還須她親自照料。」

「噢！」法警感歎著。

「父親不但不體念母親的艱苦，反而在外面任意地東賒西欠，都記在母親的帳上，使母親爲了清債而煞費苦心。我開始讀書時，生活更差勁，但母親不停地鼓勵我上進，讓我順利完成小學、中學和大學教育。」

「噢！」

「父親沒有責任感，只有依賴心，他要依賴妻子，妻子死了，要依賴兒子。」

「噢！」

「母親血癌死，給我很大的打擊，一個人勞碌一輩子，沒有得到一點報酬，死了。」

「噢！」法警還是一再地這樣感歎。

「父親骨子裏有獨立自主的精神，但他有的是福氣，不用勞力就享受一切。我們家現在的房子，是母親死前不久，從娘家分到的財產，現在所有權是父親的。」

「令堂是一位了不起的人，她把我們中國固有的婦德都集在一身。」法警說：「這就是你厭世的理由？」

「我厭世嗎？」
「百分之百的厭世，他們都說。」
「你認爲這樣嗎？」
「我想是的。」

七

離開公墓回到家裏後，法警特別讓出約三十分鐘的時間，讓我與妻單獨在一起。從牀下爬到牀上，再從牀上爬到妻的胴體上，經過幾分鐘的熱烈擺動後，我的確領受到了剎那間的歡愉，但是非常空洞。像過去一樣，時間太快了，我沒能讓妻得到滿足。

妻沒有像以前那樣埋怨我，她眞心關注著我以後的種種切切。我們穿好衣服後，她痛哭一場。然後，她說：

「他們會判你無罪！」
「不知道。」
「不是你殺的！兩派流氓在山上火拼，你走過那裏，他殺了一個人，溜了！你走去，拔下他身上挨的刀子，警察恰巧來了……」
「讓他們去！」

「別總是這麼冷冷懨懨的，不要消極，不要毀你自己，爭取生存的每一個機會！」妻激動起來。

我默默地聽著。她激動的心情似乎在直線上升。

「你常怨歎沒人能懂你，我是你的妻子，雖說不上百分之百懂你，但至少有一半我懂！你指責爸沒有責任感，但你自己何嘗不是一樣！你逃避現實！步爸的後塵！想一想你是不是這樣？」

我想告訴她剛才在公墓時我怎麼樣想的，是腦子裏「咔嚓」地一響時，我打起了故作逃亡而讓法警射殺我的狂妄念頭，但初出茅廬的法警，一直跟我跑到白色的山丘頂上，竟沒有查覺出來我的意圖。但我不忍說出來，讓妻增加憂慮。

「我們個人再好也好不到那裏，我們個人的境遇也無從改變，但是我們的孩子——，我們能造好的環境給他，讓他隨心所欲地生長，因為我們這一代的環境，要比爸他們那一代的好！」

我聽到了客廳裏傳來的黎明開心地朗笑裏，法警似乎把他高高舉起來了，逗他玩著，那笑聲一次比一次大，彷彿要衝破屋頂。妻似乎也在聽著。

「他們判你幾年都沒關係，我和黎明會等你。」她的聲音充滿信心。

八

傍晚，回到了看守所那兩席半的羈押間。

遮著我的厚而高的鐵窗外面，我發現了一層比一層更厚更高的許多鐵窗。止不住的無形壓力，令我想到窒息。

諸羅城之戀

諸羅城（嘉義古稱）剛睡著，街道、房屋、市民，也都睡著了。可是仍聽見一些叫賣聲，嬉笑聲，怨歎聲，怒罵聲，戲謔聲裏……，他們爲了吃飯。這時，三輪車夫阿萬伸著懶腰，張開嘴巴，大聲地打著呵欠。他旁邊的伙伴們像給傳染了，個個或先或後都照樣打著呵欠。他們臉上都充滿了睡意。

年老的一個勸大家回去。他說：依據入夜以後的情況揣測，南下最後一班列車，怕無一人下車；即使撈到了搭客，肯付高價，也得再等一個多鐘頭，犯不著。

不一會，一共走了四個，還有三個依舊廝守著，跟睡神在堅持苦鬪。末了，又有一個悄然地走了。

阿萬交疊著雙腿，坐在他的三輪車上，黝黑的兩手放在右膝蓋上。他鼻子大大的，圓圓的頭，廣額稍微禿出，眉毛淸秀。卡其布短褲下端，露出兩條粗短的腿，長滿了烏黑的硬毛。一條寬邊黑皮帶上面，是一件清潔的運動衫。頭髮沒擦油，時常垂到前額來，他便仰頭把它們甩回原處。

他確實有著車夫輩所罕見的一種特殊氣質：據說，每個諸羅人所共有的「諸羅精神」，代表著「諸羅兒女」的氣質。

阿萬繼承著「諸羅」的血統，所以他的心靈上棲宿著「諸羅精神」，骨子裏具備著十二萬個足以發揮「諸羅精神」的條件。

時間走得那樣慢，睡神早已把勝利的旗幟——紅絲，佈滿了阿萬的眼睛。他腦子裏一片混沌，之後，進入了昏睡前常有的迷矇狀態，便開始打盹了。

在阿萬旁邊的是阿狗，道地的澎湖人，雖然遷居諸羅達十年之久，還操著一口濃重的澎湖土音。身材瘦而高，一副長臉形，兩頰凹入，下巴既長又寬，很像馬臉。

阿狗年紀才不過三十一、二，却已有半打孩子，加之近來妻子時常鬧病，窮上加窮，除了自己加倍勤奮工作外，又不得不打發較大的三個孩子去賣冰棒。儘管如此，家裏仍像個破鐵鍋，越裝漏洞越大。

他坐在崗位上，神志清醒，雙手緊握著把手，兩脚踏在脚踏板上，樣子很像在工作。

這樣也許較能使他自己安心，精神上的負荷自然要減輕大半。可是這種幻想的心理，對於眞實感覺一無幫助。當他自覺那些房子和路燈，並不像他得意地載著一個妙齡小姐或裝飾入時的貴婦人飛奔於街上時那樣轉動，他非常沮喪。尤其自覺有一種企圖矇蔽眞實的想念在左右自己時，更加惴惴不安了。

阿萬繼續地發出鼾睡聲。

站頭的電鐘指著一點，再不久，火車要進站了。倘若僅有一個乘客下車，——僅僅一個，該怎麼辦呢？當然，照順序講，他應該是阿萬的。

可是，阿萬還在酣睡。

阿狗窺探了阿萬一下，抬眼看了看電鐘。啊，已經是一點零五分了！

寬敞的候車室裏，竟然看不到半個人，整個車站宛如一座空城。遠遠地聽見一兩聲汽笛的悲鳴、隨後是軋軋的聲音，好似這城裏的脈搏。於是它變得越慢越重，然後停了。

阿狗睜大了眼睛，死盯著阿萬。還好，他還未醒，鼾睡聲仍舊那麼安穩，那麼舒適。一位手提綠皮箱的小姐從月臺走出來，朝他打了手勢。他想應聲而去，但竟喊不出聲。眼看她連連在打手勢，慌得想叫阿萬，却只叫到喉嚨。

忽然阿萬的眼睛徐徐地張開了，橫掃四周，詫異地自語道：

「怎麼？火車來了？」

「來了，來了。」阿狗慌張地說：「那，那裏有人叫——叫咱們。」

奶油色的燈光像低垂的窗帷，遮著閨房似的車站。那小姐就像那閨房的主人，而向著趁深夜冒險潛身而來的情人振臂歡呼。

阿萬和阿狗都像受到高度的電擊一般。

果然僅僅一個；阿狗頓覺迷失了足以使人振作起來的一切東西，同時迷失了茫茫欲失的自己。他內心所想的，都在他臉上反應了。

這之間，惻隱之心在阿萬的腦子裏興起來，醞釀著。終於阿萬伸出下巴說：

「你去吧！」

阿狗並不驚異，嗤的一笑說：

「記住！下次還你！」

話沒說完，他就連跑帶跳地把車子推到女客面前，載她走了。

終於那閨房的主人走了。坐在阿狗的三輪車上，就那麼安安靜靜地把柔軟的身軀埋在那骯髒的坐墊的懷抱裏。

阿狗也故意在拐角那裏來個獻技——「急轉彎」。頓然左輪像撞到了防火栓，車身劇烈震動了一陣子，就被黑夜吞噬了。

往往有一個東西或人物的存在，能賦予一件事物新的生命。可是當它忽然匿聲隱跡的時候，總不免令人倍覺失望。那車站在阿萬眼裏，再不是放散著浪漫芳香的閨房，只不過是座無人憑弔的荒城。

他把視線移到「二通口」，剛才阿狗轉彎的地方，路口的市場裏所有點心鋪都打烊了。他們有的只睡幾小時，凌晨四時許，便又要起來開鋪。

阿萬騎上三輪車，踏起脚就要往回走，忽然一位老婦人從候車室旁門走過來，喊住了他強顏地笑著說：

「東門街有多遠？一刻鐘走得到嗎？」

阿萬回答說，遠是不遠，但徒步需半小時。

「唉，我眞沒力氣走了。」老婦人歎息道。

老婦人的臉孔不大，眼睛細小，射著柔和的光芒，眼眶既濕潤又紅腫，好像哭過。上身著一件臺灣式長袖淺藍色布衣，黑短褲，赤足，手提著一個包袱和一雙木屐。看上去約有五十多歲，可是精神仍健旺得很。

不知是由於好奇心，還是由於同情心的驅使，阿萬覺得不能不同她講幾句話而後離開。

「老太太，妳來城裏作甚麼呢？」阿萬問。

老婦人被他這麼一問，又歡喜又生氣。歡喜的是：在這陌生的城裏，居然有人對她關心，尤其是這深夜裏「走頭無路」的時候；這倒把鄉下人所常說「城裏人沒人情」的話完全推翻了。生氣的是：越想那被扒手扒去的僅有一點錢，越是惋惜。她不但憤恨那萬惡的昧良心的扒手，而且憤恨自己爲甚麼不好好留心。她把這些話說了。

阿萬聽了，覺得著實好笑，可是只笑在肚裏，表面上極力勸慰她。

老婦人接下去說：

「我是早晨從後龍來的，我要找我的女兒，她在十三年前離開了我，來了這裏。我不能讓她流浪下去，因爲我這麼老了。」

老婦人說到這裏，沉默了一會，又說：

「我有一個兒子和一個女兒，她們的父親早死，那時我害了大病，沒法子兼顧他倆，就聽從親戚的勸告，把小女麗芳送給一個姓陳的人撫養，他在後龍開雜貨舖，名叫本仔，原籍嘉義；第二年，他害了惡性瘧疾死去，沒幾天，他的妻子也害了同樣的病——」

「死了？」阿萬情不自禁地說。

老婦人闔上眼睛，臉上顯出悲楚的神色，彷彿不忍目覩重現在眼簾前的慘狀，隨後無力地說：「死了。」

她眨一眨細小的眼睛，淚珠滲透出來，在睫毛間發出晶瑩的光。她俯下首，拉住衣角抹去了眼淚。

城市的夜更深了，薄霧的濕氣把阿萬的睡意沖淡了。這城市的氛圍驟變，濃濁的熱氣上浮，清新的冷氣下沉。

阿萬從車裏拿了一件外衣穿上。

「我們母子三個，本想跟陳家兒媳遷往他們世居的嘉義，臨到時候，因爲我的兒子染了那可怕的病，不能隨行，就先讓女兒隨他們去。三天後，我那兒子德進——死了。」

「死了？」阿萬睜圓眼睛，拍了一拍腿。

「從此我天天想念死去的兒子，不想離開久居的家，一旦離開，我必將失去繼續生活的勇氣。他的玩具，他的衣裳，他踩過的地板，甚至他用刀子削壞了的八仙桌的傷痕，雖爲此經我毒打過一頓，但在在都使我懷念不已。摸著那傷痕，就像摸到他的靈魂一樣；我流淚，哭泣，夢中高叫他的名字。可是，我也懸念遠鄉的女兒，不只千次，想喚她回來，至於她，同樣渴望回家幫我忙。那時她十二歲，已經會燒飯、洗衣。陳家兒媳也希望如此，可是，——可是她在那裏很好，我們總不好讓年輕的一代過分地窮苦、磨折，你知道——不，你還年輕，你不懂，我實在不忍以她的犧牲塡滿我的——」老婦人像想不出適當的字彙，忽然轉了話鋒說：「別看我是鄉下人，我作過托兒所所長，環境、生活會改變孩童，也改變了我整個面貌以及整個人生。我對孩子比對自己還熟悉；人生難免遇窮，可是過度的窮，只有壞處，沒有好處。我常看到一些孩子們的父母，在窮苦線上拼命地掙扎，他們節衣省食，讓孩子穿得比他們好，吃得比他們好，可是終竟擠不出貧窮的圈子來。」

老婦人說罷，沉默下來，搓著枯骨凸起的面頰。她彷彿察覺了自己常犯的毛病，她的情感易於激動，說話的聲調抑揚頓挫。當她說話的時候，每每以爲自己在聽人演講。她細聽自己的聲音，那清晰而帶有鄉音的聲音。阿萬望著她，心想：如果拿開她手上的包袱和木屐，給她穿上黑布膠鞋，她酷像佛敎的傳敎士。

阿萬覺得她可憐，很可憐，好像這世間所有的不幸鬼，都黏在她身上，啃嚙著她那不幸的血肉。

「眞可憐！」阿萬想。他自己在這世界裏應得的不幸，好像都讓她獨自擔當了。又好像她那悲慘的身世裏應該也有他應得的一份似的，他決不能袖手旁觀，否則將會作出一生最遺憾最愚笨的事。不僅如此，這回子無情無義的作風，必將永生使他苦惱。可是，阿萬還有不太明白的地方，必須弄清楚。

「我知道妳來找女兒。」

「是的，她在東門街。」

「門牌幾號呢？」

「我記不淸楚，因爲家受了戰災，甚麼都燒光了。算來，和她分別十三年了，只通過兩次信，最後一次是在——」老婦人想著，忽然說：「啊，第二年！是的，是她離家的第二年。」

「噢！那很久囉！」

「很久了。她十一歲離開我，留著兩條髮辮，有兩顆細小而深黑的眸子。她伶俐，活潑，美麗，就像她父親一樣。現在，喏，二十四歲了，教我怎麼認出她？不，我認得出，一定認得出！可是，可是也許嫁人了？那也行，她有個幸福的家，我只看一眼，死也甘心了。」老婦人彷彿在自問自答：「不過，我倒要問她，為甚麼不回家，也不來信？」

晨星閃爍著，像燒盡了所有一切的光輝，一顆顆相繼地退隱了。

黎明正在醞釀中。

人們的鼾睡聲，顯得越發淡薄。可是一些遲睡遲起的，或是早睡遲起而無妨於吃飯的人們，却是睡意正濃的時候。然而，他們的鼾睡聲却被少數早起的人們的聒叫聲掩蓋了。

阿萬決定幫助老婦人，心裏打算：第一步、把她送回家裏供給早餐，而自己也要睡一下；第二步、送她去東門街，並幫她找尋。

他把這辦法告訴她。她聽罷，猶疑著，覺得不好意思到陌生人家裏吃飯，所以一味懇求他即時送她去東門街。阿萬肚子餓了，胃袋像被挖去一大塊皮肉，沒得勁兒。於是不管三七二十一，把她推上車子，駛走了。

三輪車轉入「大通路」，路面很寬，車輪在平滑的柏油路上旋轉，發出「嘶嘶」的摩擦聲。東方未明，路兩旁那些整齊而有規則的地球燈，放出輝映的光芒，壯麗奪目。由路心望去，面前的燈柱相距很遠，而越後越稠密，盡頭卻被一座噴水池所壟斷。在老婦人眼裏，那些都像堂皇的儀仗隊在歡迎她的來臨。

忽然，車子向右轉彎，再向右轉彎，鑽進一條寬約七尺的僻巷裏，在一排平層舊房子前停了。阿萬按了按車鈴。

門開了，一個矮胖的女人笑瞇瞇地奔了出來，伸展兩手，像要撲入阿萬懷裏。阿萬一面蹙眉暗示有客人，一面忙請老婦人進去。

坐定後，阿萬告訴他女人關於老婦人的遭遇。她對老婦人極表同情，每聽一句話便慨歎一聲，扁平的面孔上深深刻劃出苦痛的神情，好像她親受著同樣痛苦，同樣磨折，同樣悲楚交集的一種難以容忍的情緒。

在暖烘烘的屋子裏，兩個女人都流著淚。她們由於同性的默契和基於同性的透澈的了解與認識，互換著彼此的淚珠所能傾訴的內心的悲楚和怨忿。

阿萬端來了兩杯熱開水，他的女人歉然接過手，轉遞給老婦人，隨後回過頭勸阿萬去睡一下，而後摒開主人對客人常有的客套話，一再勸老婦人歇息，可是她無論如何也不肯。

於是阿萬進房睡覺去了。

老婦人談著昨天的行程：昨天早晨六點，她從後龍搭火車出發，可是沒過幾個站，錢包就被人扒去。她指控同坐的一個中年男子，因爲她明明看到他搶錢。終於他們在一小站下車，車長把他們連同案件一併交給警員處理。

阿萬的女人對此事表示十分憤慨。

「他不是人！畜牲！爲甚麼偏要扒老人的？眞是欺人！」阿萬的女人說完，喝了一口開水，並請老婦人也喝一點，而她只是點著頭。

「我想，他們都是串通的，一個扒，一個接，使你沒法子指出誰。雖然扒去錢的，是那個傢伙，他偏不承認，下車後，到了警員面前，他反說我存心陷害他，又說如果在他身上找不出那東西，一定要我賠罪。」老婦人眨眨細小的眼睛。

「呸！這還成甚麼話？」

「警員領他進去，搜了半天也沒有，這麼一來，他就嚷著要我賠罪。」

「眞個壞蛋！難道妳眞的賠罪了？」

「沒有。」老婦人搖搖頭；阿萬的女人鬆了口氣。她又說：「幸虧，那個好警員費了些口舌，勸那人走了，他又領我到車站，託站長把我送來嘉義，我還記得分手時那警員說：『老阿婆仔，無論如何，沒有證據的案件，是無從辦理的，這一點，我們只能希望被害人隨時留意了，這回就算是老阿婆仔——妳不走運啦！』」

「一回不走運，兩回、三回也不走運，最後，怕連褲子都要給人扒走了！」

阿萬的女人笑了，老婦人也笑了。

這時電燈熄了，杯子裏的熱開水冷了。天色已明。

她們進完了早飯才不過八點，老婦人却急促地要去東門街，彷彿不馬上去，便會讓尋覓的對象跑走似的。阿萬的女人忙勸著說：

「等一等，在我們這裏要訪問人家，最早最早也得在九點，現在還早哩！」

並且，她還想讓阿萬多睡一會，她內心確實存著這種意念，可是既不敢表明，又不敢承認。她一連串地發問關於她女兒的事。

老婦人的臉容忽然明朗起來，隨後用快活的語調，重覆地述說她記憶中的女兒的相貌。

「她長得很美，如同她那死去的父親一樣。」老婦人那細瞇的眼睛潤濕了，深深地沉入甜美的回憶中，回味著一幕幕往事。她傷感地又說了一遍：「她長得很美，並且很像她的父親。」

阿萬的女人聆聽著，用一種過度羨慕的感覺，用一種微帶著妒嫉而確乎有著同情的心，可是不知怎麼，她心底的一個角落在開始惶恐，一種深知可能使人驚惶的東西不現在眼前時的那種惶恐。這該多可怕呀！但是不一會，這種莫名的惶恐，却被種種足以斷絕惶恐的信念，和對於任何事都抱著希冀一面的樂觀的觀念掩蓋過去。

一刻鐘後，阿萬起牀了。他女人禮貌地對老婦人表示暫時離座之意，便進去收拾衣牀，爲阿萬準備盥洗和早餐。

在餐桌上，她輕聲對他吐露了內心的不安，並且要求他給她保證。

「唔，妳眞聰明，」阿萬故意感歎地說：「妳看穿了我的心肝了，教我怎麼拐她女兒逃走呢？」

她了解這言外之意，就笑著倒進他懷裏，神速地在他大腿上擰了一把。忽然間阿萬手裏的碗，砰然一響，掉在地上。他漠不關心地把她緊緊摟住，一吻再吻。

但當她站起身，看到兩塊乳白色碗片仰臥在黑土上時，却愕然失色了。在她視覺裏，好比那飯碗是一對夫婦，那邊的半塊就是阿萬，而這邊的半塊就是她自己。

阿萬疑慮參半地瞧著那破片，瞧著，再瞧著。平時所看見的，所聽見的，加上心理上所想像出的，所有一切造成不吉後果的行爲所必伴來的不吉預兆，都湧現出在他的腦海。

他倆連一句話都不說，除非有必要。他和她惟恐會無意中說出不吉的話，那可能徒增一層陰暗和恐懼之外，絲毫無濟於事。

阿萬的女人覺得應該出去看看老婦人，如果再讓她獨坐下去，未免太失禮了。阿萬也提議她出去陪坐一下。

然而，當她帶著一顆不安寧的心，踱到臥房和大廳間的門檻，探出頭一看時，老婦人不見了。可是她的包袱還在那裏。她呢？哪裏去了？難道是個騙子？唉，上當了！上當了！

她急忙奔了進去。阿萬一點不著急，摸摸稍禿的廣額，傾頭想了想，問：

「三輪車有沒有在門口？」

「三輪車？唉！眞的！我去看看！」她三步併作兩步地奔到門口，正欲回身，阿萬已經來到她身後了。

「她是騙子嗎？可是，她甚麼都沒有偷走呀！」他倆都有一個相同的疑問和一個相同的困惑：「啊，說不定那包袱有問題！」

可是他倆並不想去拆開它，而還呆立在門口，宛若一對彷徨在陌生而瀰漫著迷霧的森林中的情侶。

這時，阿萬的女人忽然指著巷口，輕聲地說：

「噓，你瞧！」

在明媚的陽光下，老婦人笑歪了嘴，穿著木屐，「格格」地從巷口邊水龍頭旁走過來，舉著手拼命搖彷彿慈母在招喊可愛的兒子到她身邊一樣。

阿萬的女人感到無限歉疚，只因為給一個清白無辜的老婦人，戴上騙子的帽子。無疑的，僅僅這事就夠使她足足懊悔一星期了。

她深深知道，惟有對老婦人加倍關照，才能抵償自己的過失。

於是她迎上去，挽了老婦人的手臂，領進家裏，用十二分歉意的口吻說：

「讓妳等了很久啦！——他已經準備好了，馬上要去了。」

「多謝！多謝！」

「如果找到了千金，」阿萬的女人望了阿萬一眼，稍停又說：「請帶她來玩，我們這裏並沒甚麼，不過——」

正當她躊躇說不下去，阿萬輕易地接著說：

「可以互相認識認識。」

「多謝！你倆眞好，眞好了！」老婦人連點頭，然後帶了包袱上車。

阿萬正欲跨上三輪車，他的女人揮揮手，使個眼色叫他進去。

「阿萬，你要十分小心！」她柔聲地說：「找到她女兒，別坐得太久，馬上回來。」

「我知道，」他撫摸著她的黑髮：「放心好了！」

她微笑了。

終於三輪車走了。

阿萬的女人一直目送著，目送著它轉入拐角；阿萬不見了，車子也不見了，老婦人也隨著去了。

她轉回家裏，可是老婦人的臉孔始終在眼前搖晃著，眨眨小眼睛，滿意地微笑著說：「阿萬人好，身體也好，又識字，雖然只少一樣東西（指財富），倒是個上乘的好人，標準的女婿，可惜他已有了妻室，如果早知道，我就把女兒無條件送給他。——喏，這是妳的福氣，眞的，是妳的福氣呀！」

「是我的福氣嗎？」她半天忖想著，開心地笑了又笑，可是不久又不想笑了。已到午餐的時間，仍不見阿萬回來。

她不安地等著。

當鐘敲一下的時候，一輛三輪車在門前停了，車鈴「叮叮」地響了兩下。她拋下活計，飛奔出去。

「阿萬嫂，吃過飯嗎？阿萬哥在不在家？」一個高個子把一張消瘦的面孔貼在門側，穩重地說。

「哦，阿狗哥！」她稍吃一驚：「他早出去了，還沒有回來吃中飯呢！進來坐坐呀！」

「不，我馬上就走，我還以爲他『自動告假』了，因爲他昨晚很遲回來。」

「唔，你怎麼知道？」

「我怎麼不知道？」說到這裏，阿狗把昨夜的事情概述了一番，然後從車墊上拿了一個紙包說：「這是一點東西，今早新港的姊姊帶來的。」

「是甚麼呀？」

「新港飴。」

「哦，不！拿回去吧，你孩子那麼多，我倒沒有——」她本想說「孩子」兩個字，可是怪不好意思說下去。

「莫要緊啦！收起來好啦！」

「不，還是帶回去吧，阿萬回來要罵我嘴饞的！」

阿狗深知同她「討價還價」，再半天也弄不得結果，便把它往桌上一放，跑出來騎上車，踏起脚駛走了。

「該死！眞該死！」她後悔莫及：人家送的禮物並非不可收，惟有爲了答謝幫忙而送的禮物，阿萬一向都是凜然加以拒收的。他認爲要幫忙人家，不可對對方有所冀求，否則就不是「幫忙」，而是「交易」。幫忙，就是自我犧牲的表現！她知道阿萬決不肯收它，更何況，阿狗的女人病著呢！一想到這裏，她不覺叫起來：「該死了！該死了！我連半句話都沒有提到阿狗嫂！」老實說，這如果給阿萬知道的話，他決不會原諒她的。

從清早到現在所經過的瑣碎小事，都在她腦子裏一一翻印出來。那些都重覆地翻印在同一張紅紙上，像走馬燈似的團團打轉。

她的眼睛矇鈍了，心緒紊亂了，精神昏憊了。

「啊，碗破了！碗破了！我該怎麼辦？」她不斷地說著夢囈。

這已是下午七點五分，正是早秋的黃昏時候。阿萬和老婦人歡天喜地地回來，看見他女人把頭埋在雙腕裏，俯睡在大廳的桌上，不禁大吃一驚。

「啊，碗破了！碗破了！」

「甚麼？」阿萬詫異地搖動著她的肩膀：「妳說甚麼？」

「別叫醒她，大概身體有毛病，」老婦人把手輕輕擱在她手上，然後按了按她頭額，便開口說：「發燒了，快去請醫生！」

醫生診斷完了，祝賀老婦人說，她媳婦有喜了。老婦人掩不住笑，自是裝作很體貼的婆婆，東問西問甚麼似的。

等醫生走後，老婦人幽默地說：

「我的好媳婦呀，謝謝城隍爺吧！神籤靈驗了！」然後感喟地：「唉，我一生裏，就只有今天，今天過得像一個人！」

這天晚上，老婦人頓變為廚房的主人，她把中午的乾飯炒好，又燒了稀飯，給阿萬的女人吃。

晚飯過後，阿萬的女人稍感舒服了，便用盡所有不熟諳的客氣話，很慇勤地對老婦人說了衷心的謝意，並且非常關切地問她女兒的消息。

「噢，話不可顛倒說，我一脚踏進城裏，首先裏認識你倆；你倆待我比自家人還親熱，教我怎麼捨得離開？」

「那也行，就住在這裏好了！」阿萬的女人笑著說。

「沒問題，就跟我們在一起！」阿萬附和著笑。

「不行！不行！」老婦人連忙搖手，揚起眉毛，聒叫說：「我的女兒在等我哪！據說她在甚麼，甚麼港的地方。」阿萬提醒地說出「新」一個字，她便朗叫兩聲，又說：

「對！對！新港！我只記得不是舊的甚麼了。」

「新港？阿狗有姊姊在那裏！」阿萬的女人說。

「眞的？那好極了！」阿萬拍掌說。

「今早她來了，也許還沒有回去。」

阿萬說要去找阿狗，想讓老婦人跟阿狗的姊姊同道去，免得路上教她不安。

阿萬出去後，老婦人帶著非常感動的口氣，逑說她尋找女兒的經過：

「阿萬和我在東門街四處找，始終不得要領。我說出陳本仔兒媳的名字，又說出我女兒的名字，再說出陳本仔父親的名字，但人人都搖頭說不知其人。有個老頭子告訴我，不如到東市場邊的城隍廟求支神籤，他說此地的城隍爺頂靈驗，大公無私，有求必應，可是阿萬偏不信，又不去，帶我跑遍了大街小巷。」阿萬的女人吃吃地笑了；老婦人一點不介意地，接著說：「大概是下午一點左右，他也許太累了，把車子停放在城隍廟口，說要吃冰去，我說我不能吃冰，等他走後，我就溜進廟裏，抽了神籤，向籤詩解說人請教。他聽完我說求籤的原由，再看看籤詩，就信口地說，妳準會找到女兒的。我高興得像成了神仙一樣。於是我說現在惟有一個辦法，就是找出陳本仔的父親陳眞。他忽然睜圓眼睛，驚呼著說：『啊，陳眞嗎？他是我的老朋友咧！可惜他死了七、八年了。他的胞弟陳理是這裏的廟公，他們兄弟原住在一起，問問他自然會知道的，妳稍等一下，我去喊他來。』這時候，阿萬張惶地跑進來，一見我，長長地舒了一口氣。我知道他苦苦找著我，心裏一定在生氣，豈料，他一聽見陳眞的胞弟在廟裏工作，便高興得像中了甚麼特獎似的，於是坦白地說他不領我進廟的原因。」

「他眞的說了嗎？」阿萬的女人捧腹大笑。

「且聽我講下去。他說，去年初夏他母親害了大病，口口聲聲說要看一眼孫子，死才甘心。他苦思了一夜，便跑去城隍爺求籤，城隍爺答應授給你們一個男孩子，可是這諾言還沒有兌現，他母親已死了，一直到現在；不，現在快兌現了！」老婦人張大細皺皺的嘴脣，格格地笑起來。

「他再求了一支嗎?」

「求了!」

「嚄!是說男孩子?」阿萬的女人漲紅著面孔。

「不是。」

「女孩子?」

「也不是。」老婦人直搖頭。

「不是男孩子,也不是女孩子,倒底是甚麼呀?」

「城隍爺的代言人——籤詩解說人說:他得過了三十五歲才有,那也是走運的時候。」老婦人這奧妙的話,使得阿萬的女人摸不著頭腦:「我想,這倒無關緊要,只要妳生了孩子,男的女的都可以;我找到了麗芳,萬事不都是風調雨順嗎?我往往這麼想,我們人,有時也不免頭昏腦脹,百事顛倒,同樣我們也不應無理地要求神明時時刻刻都精明無誤呀!」

阿萬的女人細聽著,細聽著老婦人那富有抑揚頓挫的語調;細聽著,細聽著自己肚子裏胎兒的動靜,可是並沒有任何反應。

老婦人停了一會,又繼續地說:

「妳想天下事有這麼湊巧嗎?原來那個陳眞,並不是我要找的陳眞,是另外一個人。

我和阿萬非常失望。這時有十來個進廟參拜的信徒，傾聽著我們談話，其中有一位胖婦人對我說，她丈夫在市內開電髮院，記得年初時候，曾有一個名叫麗芳的小姐在店裏工作，她沉默寡言，溫溫順順，工作認眞，對人和氣，加上人生得好看，逗得每位顧客垂愛，兩月前，不知怎麼辭職去了。現在，店裏有幾個學徒是她的好友，如果我肯去探問，她願意效勞。可是，我不願讓阿萬多耽誤時問，阿萬呢，無論如何要隨我去一趟。」

「在三輪車上，那老闆娘說了一些關於她的面貌，年齡，更使我確信她就是我的女兒了。去到電髮院，她就叫電髮小姐來，有一個自稱是麗芳的好友，名叫玉貞的，我便和她攀談。『老太太，我和她處境一樣，性情相投，所以很快地成了好朋友。』玉貞這樣說。」

「『她是那裏人？妳知道嗎？』我問。」

「她撫弄著指甲說：『頂港人（世居北臺灣的人，通稱爲「頂港人」），她說她有母親在那裏。有一次，我問她有沒有兄弟姊妹，她不回聲，却傷心地哭了。從此我再不敢問起這事。』」

「我說：『現在她在那裏？』」

「『在新港，——新港媽祖廟附近，我有她的通訊處，我來抄一份給妳。』」

「她進去一會又出來，給我一張紙條，」老婦人從口袋摸出一張摺疊得很工整的紙片，鄭重地放在阿萬的女人手裏，歡欣地說：「就是這個，諾，妳瞧！」

「新港鄉媽祖廟前——」阿萬的女人低聲唸著的當兒，忽然阿萬踱進來，失望地宣佈說：「阿狗的姊姊剛回去了，不過，」他拿起那紙片一看，說：「根據這地址，並不難找的，明早再走吧！」

「嗐，這怎麼好意思，我來這裏不但打擾你倆，還教你倆忙得這個樣子，眞是——」

「像妳這樣好婆婆，」阿萬的女人笑著揷嘴說：「在城裏找不到第二位呢！」

隨後，他們又聊家常，直到深夜。

輕鬆而愉快的暖氣，逐漸攆散了存在各人心頭的重擔。阿萬和他女人的心裏，這就像是他倆的新婚初夜，有溫暖有隱憂，有歡欣之心，也有羞恥之意。

阿萬請老婦人跟他女人同睡一牀，自己却睡在大廳的兩張長櫈子合攏成的臨時牀鋪。

老婦人翻來覆去，不能入眠，好容易挨到凌晨五點，便獨自起身生火燒飯。

阿萬的女人完全康復了。

阿萬匆匆吃了早飯，忙請老婦人準備出發，並說他要出去一趟，回身馬上就走。

七點三十分，阿萬回來，拿一張車票和三張十元紙幣給老婦人，說：

「請快上車！火車七點五十分開。」

「哦，不！車票我收，錢，我不收，不！我不！」老婦人慌忙辭退。

「出外錢要緊，妳就收起來吧！」阿萬的女人硬把它塞進老婦人的衣袋，含笑道：「小心扒手，不要再給扒去。如果找到麗芳，馬上寫信來，我給妳的通訊處，有沒有放好呢？」

「有的，多謝！多謝！」老婦人上了車。

「阿萬，等一等！」阿萬的女人一面喊著，一面奔進去，拿了那包新港飴，硬裝入老婦人的包袱裏：「留著車上吃，再會！」

「再會！」

阿萬用力踏起三輪車，飛快地駛走了。這時，諸羅城完全醒了！街道、房屋、市民，都滿懷著新的希望，呈現著蓬勃的活氣。絡繹不絕的各色各樣行人，都由於精神上的一種共同觀念結合起來，蜂擁似的滾入機關、工廠裏。

老婦人感激已極。在她瞳孔裏，這城市像被一種濃厚的叫作人情味的橡皮網包圍著，它能夠游離一切不純良的東西，能夠隨實際情形而膨縮自如，能夠賜與樂於投入網裏的人豐厚的溫情。不用說，這全是因爲這城市給予她的第一印象較佳的緣故。

火車快要開了。阿萬再三叮嚀地說：

「到了那邊，先找媽祖廟，再按那地址去找就是了。一定要來信呀！再會！」

「好的，多謝你！」

阿萬一直在揮手。

車站由大而小，由小而更小，阿萬頓變爲一個小孩子那麼大了。然而他仍在揮手；不稍一會，車站和阿萬都消逝不見了。

可是，老婦人還看得見阿萬同他女人站在那高高的城上，向她揮手告別。他倆的容姿突然放大五倍，而城屋、車站、商舖、街道、街巷、路燈以及阿萬的三輪車，都像走馬燈一般繞著他倆旋轉，並且跟他倆一樣，向她振臂疾呼著：「再會！我們歡迎妳再來！」

這兩天來的開支，把阿萬和他女人僅有一點積儲化掉一半，可是他倆不曾談起它，只是擔心著兩件事。一件是老婦人到新港以後怎麼樣？找到麗芳嗎？而麗芳的遭遇呢？另一件是阿萬的女人把阿狗送來的新港飴轉送給老婦人那事。這次阿萬破例地不提此事，僅表示同意他女人的意見：等幾天，再買點東西探阿狗嫂的病去。

第四天傍晚時分，綠衣使者送來了一封掛號信和一件包裹。蓋好圖章後，她接過手一看，高興得直跳起來。可是她不便即刻拆開先睹爲快，因爲阿萬曾吩咐過，不管誰接到，總要等兩人齊全，才可以拆開。

不久，阿萬回來了。在這還未拆開以前，他說讓大家猜，看誰猜對，誰便可以任意指配那包裹裏的東西。

「贊成！」阿萬的女人裝著小學生，直舉兩手，大叫說：「我想她一定找到了！」

「我也是。」阿萬說：「還有，我猜那包裹有衣裳，是小孩子穿用的，因爲她很關心妳的孩子。」

「呸！」阿萬的女人噘著嘴，作起媚態說：「我的孩子還不是你的？不過，我猜——」她傾頭想著，忽然拿起包裹一聞，叫說：「對啦！是新港飴！」

他倆先拆開包裹，果然不錯，是三盒精裝的新港飴。阿萬的女人驚喜地說：「我猜中了！好，我來指定！一盒送給阿狗哥，一盒分給你的伙伴，還有一盒，我想，我想我要自己吃，不過，你要吃的話，只要說一聲，當然可以的。」

阿萬無可奈何，只好又拆開那封信：那封可以冰釋幾天來懸掛他他倆心頭的疑問的信。他倆懷著探寶人員在搶讀偶然發現的一枚記載藏寶地點的羊皮紙那種心情，慢慢地唸下去。

阿萬先生和夫人：

承兩位多方幫忙，我終於找到女兒了。這封信是請人代寫的，並未能表達我感謝之情的萬分之一。

至今我眞後悔當初不應把女兒送給人家，因爲這是造成這場悲劇的第一個因子。我誤以爲她在那裏比在自己家裏舒適，豈知一個飽經滄桑的人，尤其是女孩子，對於曾經把他或她送給人家的父母，並不再存有骨肉之情了。

她待我很冷淡，使我非常難堪。我面對她坐了兩天兩夜，她臉上毫無感情，也毫無表情，如同一個冷血動物。據她那電髮院的老闆說，昨天的她與今天的她判若兩人。

到了第三天黎明時候，我告訴她我從後龍到嘉義的經過，她仍不爲動。及至我搬出你們兩位如何接濟我，幫助我找她，她方才稍微回復常態。她告訴我她離家以後的遭遇，情形極慘。這裏僅述梗概，詳情容後再談。

二次世界大戰快近尾聲時候，嘉義遭受數次轟炸。在一次美機大隊轟炸東門一帶城屋時，陳家不幸中彈，家破人亡。幸而她恰在「糧食配給所」等著領米，所以獨免於難，這註定了她此後悲慘的流浪生活。她既無法寫信給我，又無法乘車返鄉，終於孤苦伶仃，在外鄉謀生。她甚至以爲家裏僅存的我也死了，她想要是我活著，決不放任她流浪過日的。想來那時我的困境不容我遠道來找她，但這責任當然是我應該承擔的。

再隔一兩天後，我想帶她回去後龍，然後再決定今後對策，或將遷住嘉義也說不定。

另一包裹裝有三盒本地名產新港飴，物少情重，請笑納吧！最後祝太太安產！並祝

快樂

周娟　謹啓　九月四日

他倆著完了信，不禁微笑了。阿萬的女人感喟地說：「難道骨肉間的愛是如此嗎？那我還是不生的好。」然後「嗎」的一聲，撲入阿萬懷裏。

諸羅城的夜在溫存的暖氣裏，一刻一刻沉入美夢中了。

埋在泥土裏的落花生
——試論文心的短篇小說

許素蘭

一

文心的短篇小說，大部分收集在《生死戀》與《我行我歌》二書。從這二本小說集的三十三篇作品中，我們可以發現，文心的筆調是冷靜而無華的，常見的手法是——以「人」爲小說的主體，以敍述、表現「人」的際遇作品的軸心，具象的描寫多於抽象的譬喩。沒有濃艷的修辭，沒有新奇務巧的技巧形式，却是以一枝樸實而眞摯的筆，表現一個充滿人間味的世界——與「現代」有一段差距的臺灣農村或小市鎮居民的生活剪影。雖是平淡的寫實手法，在平淡的文字背後，却溶匯了作者對於那些卑微單純、淳樸可愛的平凡人物濃厚的關愛與深沉的悲憫之情。不論其所描寫的人物是市井小民或知識分子，他們同樣是卑微無告的一群，或許他們具有人性的弱點，如嫉妒、勢利、懦弱……，然而他們的本性都是善良的。在多苦難的人世間，他們默默的、勇敢地生存著。如：〈父與子〉裏的「鬍鬚」，在兒子成爲暴發戶之後，原可在家過著「老太爺」的生活，可是他却不肯放棄貧苦的行業——賣菜，並且強調「一天不做事，就等於死了。」他那不合身份的裝扮與行徑，常令他的兒子們感到萬分困窘，然而那近乎孩童般任性的堅持，却使他成爲一個很可愛的老人。

〈祖父的故事〉裏那位喜歡喝酒、賭博的祖父，一生志在海上，渴望擁有屬於自己的漁船，因此，他討厭收入頗豐的「剃頭生意」，而喜歡當一個落魄的漁人。可是，他那「不安於現實境遇，雄心勃勃地爲開拓生命，不惜把一切孤注一擲」的熱情，不僅沒讓他達成夙願，倒使他成爲一個在泥醉中死去的悲劇人物。

慈祥、充滿信心的老人，常常使自己的暮年更敷上一層生命的光輝。〈土地公的石像〉即塑造了如此一位生命如石頭般堅強的老人。對於理想的熱忱與信心，使「石伯仔」在他慘澹貧苦的刻石生涯中，又添上一種悲壯的色彩；他堅信，終其一生，他將完成一件眞正的藝術品，因此，在垂暮之年，他全力雕刻一座土地公的石像，同時，也把自己雕成一尊土地公。

不論是悲劇人物或是喜劇角色，文心所描敍的老人，總是一群不肯向歲月低頭的勇者。他們堅持他們的原則與信心，至死不渝。

許多家庭的悲劇，往往導源於貧窮。一對平凡的、貧窮的夫妻，他們必須共同攜手、付出更多的心力，應付生活，他們的奮鬪、辛酸、無可奈何……，或許只是一些很卑微的故事，却是存在人類普遍而眞實的遭遇。

由於子女太多，而以種種方式將孩子送人的事，在國民生活水準普遍提高的今日，是一種很罕見的現象。然而無可否認的，廿幾年前，在我們那個貧窮、人口過多的農業社會裏，這種骨肉分離的家庭悲劇却是司空見慣的。〈棄嬰記〉雖以喜劇收場，〈寄人籬下〉的大舟，〈養女的故事〉的阿絲、〈牧羊女與我〉的牧羊女，他們悲慘的境遇，則是另一次「棄嬰」導演的悲劇。

爲人父母者又何嘗願意骨肉乖離？

〈出路〉裏那位當總務股長的爸爸，爲了改善生活，爲了獲得升等，竭盡所能的成爲一個能幹且對公司忠心的職員，甚至孩子病危，也不肯請假。他一切的奔波、辛苦，全是爲了孩子、爲了家庭，可是當孩子生病時，他却必須服侍那些在酒家取樂的上司，無法對他的孩子多看一眼。他那悲傷的小妻子的哭泣，不也是對貧窮的控訴嗎？

貧賤夫妻，也不一定是百事哀。〈生死戀〉裏面那對患難夫妻，表現的則是他們血淚的奮鬪過程中，一份刻骨銘心、生死不移的至情。

描寫現實中卑微的人物，表現貧窮家庭的景況，雖平凡而不落庸俗的手法，是文心寫作這類人物題材的成功之處。然而，對於這些家庭的悲喜，作者往往只做一種富於同情的現實反映，未能深刻地發掘潛藏其中的諸種問題，而其所含攝的內涵也不夠深廣。

做爲一個女子，在我們傳統的社會裏，經常是扮演著柔順、堅貞、忍讓……的角色。她們的社會地位相當卑微，甚至，本身的幸福也大多受命定觀念的擺弄，自己無法創造。雖然她們很柔弱的接受命運的安排，但是她們爲了完成「命運」所託付的使命，却支付了相當的勇氣。

文心小說中的女子，便是如此傳統的，既是強者又是弱者的女子。她們悲劇性之形成，也往往由於這種既柔順又堅強的個性。

〈海祭〉裏的鴛鴦，〈養女的故事〉裏的阿絲，〈山地情歌〉裏的阿女，同樣具有女子的柔順與純情，以及對於愛情的憧憬，可是她們却無法超越命運的掌握，因此，當她們愛的對象與境遇發生衝突，而結合不利於她們所愛男子時，她們便選擇了自我犧牲與退讓，而讓愛情的幸福感幻滅。

女子所表現的強韌、勇毅之生命力，也遠超過她們脆弱、纖細的外表；爲救養父而犧牲生命的「花姑」如此，〈生死戀〉裏獨力撐家的女主角如此，〈媽媽的雨鞋〉、〈怒張的太陽〉裏那兩位勇敢的媽媽亦復如此。

情感生活，往往是女子生命的全部，因此，一個與愛情絕緣的女子，她的生命便顯得殘缺而枯萎了。〈花瓶與櫃臺〉捉住一個出納員工作的片斷，表現一個將青春賣給工作的女子，終於讓青春消逝、愛情溜走，由於自傲，最後落入自憐的境地。〈范家大小姐〉的大小姐，則由於對弟弟感到歉疚，矢志不嫁服侍弟弟，等到她責任完成，却已是美人遲暮了。

文心淡淡的、帶著憐惜的筆調，試圖爲這些女子說些什麼？面對無可抗拒的命運，女子是否永遠只是犧牲者？

在〈英文教師〉、〈年青的叛徒〉、〈怒張的太陽〉三篇以知識分子爲主角的小說裏，文心捕捉到的是如何一個知識的層面？何種知識分子的心態活動？

〈英文教師〉描寫英專畢業的姚明，試圖在日本統治之下的臺灣，依靠自己所學的英文，謀一家庭教師的工作。在他謀職的過程中，作者巧妙地反映出：在那個時代裏，部分臺灣人的喪失民族自尊——做爲被統治的人民，被屈辱的心志，反而形成崇洋媚外心理。

缺乏祖國意識的殖民地百姓，不是註定要被蹂躪的嗎？敏感的知識分子，面對如此局面，其痛心可想而知——「……姚明肚子裏明白：池底的爛東西，並不是人的腦漿，是動物的腸，可憐的小臺灣鯽的腸。」……

〈年輕的叛徒〉與〈怒張的太陽〉分別寫出兩個不同典型的，除了現實經驗，又多一份知識負荷的「叛徒」知識分子。〈年青的叛徒〉裏那位高中畢業生，爲了達到上大學的願望，不惜離家出走，設法自立賺取學費；他有一位外嚴內慈的父親，一條斬不斷的親情。〈怒張的太陽〉的主人翁，大學畢業，却由於憤恨父親的不負責任，再加上母親逝世，因而抱著厭世的態度。「知識」無法便他從現實的苦悶超越，却反而使他感受更大更多的無形壓力。他是悲觀的，「哀莫大於心死」的知識分子；前者，則是積極而奮進的年輕人。

比起那些活在純粹經驗世界裏的市井小民，具有知識又無法自知識領域中得到快樂的「讀書人」，似乎有著更深沉的悲哀，他們與現實社會的衝突所引起的痛苦也更大。

時代會改變，文心小說的背景也會更換，可是，人類的奮鬪故事，人世間的悲歡離合，則永遠延續著。

二

前面說過，文心短篇小說的表現手法，大部份是採取傳統的寫作方式——敍述性的語言，情景交溶的描寫，冷靜而寫實。當作者採取這種寫作方式時，常常能夠在樸實無華的文筆中，顯示一種清新而細膩的魅力。而少數運用意識流手法表現的作品，如〈只能敲一次〉、〈我的悲劇性的存在〉、〈花瓶與櫃臺〉，文心的表現是失敗的。由於在小說人物意識的流動、轉變之間，作者未能把握清明的思維脈絡，因此，容易使作品顯得混亂、造作。

就主題的把握、思想發掘的深度觀之，文心有些作品顯得很不完整，如：〈贏賭〉、〈迎神之前〉、〈最後的聚餐〉……等，作者只截取事件的某一點，作浮光掠影的描述，而未能使作品在讀者心中留下深刻的印象，因此，作品本身的生命便相對地薄弱了。

大部份的作品，文心却能運用前述那種幾乎是沒有痕跡的技巧，寫成一篇篇完整的短篇小說。下文將以〈生死戀〉、〈古書店〉、〈媽媽的雨鞋〉、〈土地公的石像〉爲例，做爲對文心作品的引介。

〈生死戀〉以第一人稱敍述觀點寫成，藉女主角的回憶，敍述日據時代，一對患難夫妻的情愛與奮鬪，他們經歷了戰爭帶來的生離，死亡造成的永別，然而在他們之間，永遠存著一條超越時空限制的情感之鍊——「對我而言，生龍活虎的時代已成爲過去。如今我年屆不惑，愈覺生命的可貴。阿海雖已離世，但他的神靈仍與我同在。」

本篇沒有特殊的結構，奇巧的情節安排；使用的語言雖很平淡，却將患難夫妻的相互諒解、刻骨銘心，以及女主角的堅毅、勇敢……等中國女子傳統的美德表露無遺。

「生死」之戀，不就是永恒嗎？

存在於青年男女之間的眞情，常常是清新而浪漫的；隨著歲月的消逝，這份情感或許會被時間沖淡，或許反而會變得更醇厚、更內斂。這種屬於老年人的初戀之情，也就更可貴而動人了。文心的〈古書店〉便是藉古書店裏面那種蒼老、緩慢、陳舊的氣氛，烘托出兩位進入暮年的老人之間深藏而眞摯的情感。在氣氛的醞釀上，作者藉老店員整理古書的動作、內心的回憶、老醫生的談話，成功地表現出男主角——老店員的羞澀、忠心、眞誠，還有對女主角那份隱微而深沉濃烈的愛慕之情。同時，女主角——女老闆在經過長久的孤獨之後，突然發現在她身邊，竟存有一份自少女代就被她忽略了的情感之後，那種驚訝、感歎、不敢相信的矛盾之情，也刻劃細緻。文心的作品，常常在輕描淡寫中，隱藏著動人心魄的深情，〈古書店〉可說是代表作之一。

類似「生活小品」的〈媽媽的雨鞋〉，顯示文心作品的另一風格。

豪雨的黃昏，媽媽穿一雙男用的雨鞋，攜帶雨具到學校接女兒回家，原是一個很平凡的事件。透過文心細緻的描寫，讀者看到的則是一幅母女雨中行的感人圖畫——母親顧慮女兒弄髒新鞋，乃把雨鞋讓給女兒，自己寧可穿著木屐，甚至赤脚，在泥濘的泥路上困難地走著；女兒既嫌棄雨鞋的醜陋、笨重，又怕傷媽媽的心，只好強穿上，於是：「四隻脚印，在後頭形了四條直線。先是很深的泥窪，然後被泥水斟滿，只賸下淺薄的輪廓，再然後被我們後面的足跡或車輪蓋過去。我們只默默的，不顧一切的，努力掙扎著向前走去。」

寫作的題材無所謂好與壞，誠如王國維所說：「境界有大小，不以是而分優劣」，作者寫作態度之誠懇與否才是最重要的。

如果說，作品是作者情感的表現，思維的投影，那麼〈土地公的石像〉，正是文心對寫作的狂熱與執著的心靈再現。〈土地公的石像〉敍述一位年邁老人——一位「不像是生來當老闆的，只配做石匠，頂好的石匠，却是頂糟的老闆」的雕刻手，在雕過自己的墓碑之後，矢志雕刻一座土地公的石像，一座他雕刻生涯中眞正的藝術雕像，爲此，他歇了生意，甚至忘了自己，成天凝神、思索，醞釀著土地公的形相神態，雖受凍挨餓，而毫無所覺。終於有一天，「他疾揮著槌子，使勁地一槌槌打下去，血絲滿佈的眼睛炯炯有光，但除了一塊頑石，一把鑿子，和一把槌子以外，却一無所見。」

任何曾經執著過、狂熱過的心靈，是不難體會出這種渾然忘我的境界的。

三

「『從日文到國文』這段轉換期，我的的確確吃夠了很大苦頭！這時都是先用日文思維，在腦子裏譯成國文寫在紙上。難怪寫出來的東西，不是整篇『臺灣調仔』，就是『臺灣調仔』，一篇寫完又一篇，我像一個傻勁的跳高欄者，跳過一欄又一欄，慢慢把障礙克服了。」——這是文心在「命運的起點」文中，對於自己寫作歷程的表白。

語言的障礙，不僅是文心個人寫作的難題，同時也是許多在日本統治之下，只懂得日語，却無機會學習中文的臺灣省籍作家的困擾。臺灣光復後，這些作家像小學生那樣，孜孜不倦的重新學習語言，運用各種方法克服先天的語言障礙，熱切地渴望以自己祖國的語言，毫無阻礙地表達內心的思想與感情。若以今日受過完整而純粹的國語教育者，且多少受西洋語文薰陶的眼光來看，這些省籍作家對於語言的鍛鍊，顯得並不很圓熟；然而以他們那時的寫作條件，能灌溉出如此的花朵，他們那種堅忍不拔、忠於文學的熱忱，是很令人讚賞的。

這些文學國度的拓荒者，既未受過正規的寫作訓練，又無顯赫的學歷，他們作品裏語彙的運用雖有時顯得比較貧乏與粗糙，却因未曾飾以濃艷的渲染與雕琢，而具有一種自然、原始的美感。更因爲如此，讀者看到的便不僅僅是一枝舞弄才華的筆，甚至是斑斑碧血瑩瑩熱淚了；他們是將生命投進文學的洪爐裏，而不僅僅是依靠才華寫作而已。早夭的楊喚如此，貧病交迫的鍾理和、劉非烈如此，以寫作戰勝病魔的文心亦是如此。

民國三十九年，文心由於一次意外的跌傷，右脚潰爛、腫脹，幾乎變成殘廢。在這段輾轉病榻、四處求醫的歲月裏，文心的精神幾至崩潰——「遙無可期的療養生活，加上漫無希望治癒的心理作祟，我墮進了苦悶的深淵。我的意志一天一天地消沉，精神頹喪，神經也突然尖銳化起來……」（《生死戀》後記——〈命運的起點〉）後來，由於父兄的鼓勵、寫作的啓示，文心終於拾回自己的健康，也成爲文學園地裏辛勤的園丁。

「除了父兄的愛，使我精神飽滿的，是寫作；使我靈魂美化的，是寫作；使我留下這條命的也是寫作。」（《生死戀》後記——〈命運的起點〉）「活到今天，我別無冀求，只求寫出幾篇像樣的東西」（《生死戀》後記——〈命運的起點〉）——這種心靈的告白，何等坦誠！何等眞摯！

一位深具才華而缺乏誠懇的作者，縱使作品裏才氣橫溢，作品的生命却似劣質的玻璃，徒具光芒而質地脆弱。一位在惡劣的寫作條件下成長的作者，則有若埋進泥土裏的落花生，粗糙的外表，正隱含著豐碩的生命。文心的作品正是如此。

文心小說評論引得

許素蘭

說明：

1. 本引得依發表或出版日期先後順序排列，以一九八九年十二月三十一日以前國內發表者爲限，海外出版者，列爲附錄。
2. 若有舛誤遺漏，容後補正。
3. 本引得承蒙國立中央圖書館張錦郎先生提供部分資料，謹此致謝。

篇名	作者	刊(書)名	卷期(出版社)	出版日期
1. 第三屆臺灣文學獎選後感——關於文心〈怒張的太陽〉	林鍾隆	臺灣文藝	一八期	一九六八年一月
2. 埋在泥土裏的落花生——試論文心的短篇小說	許素蘭	書評書目	三七期	一九七六年五月

3.〈千歲檜〉評論	陳火泉、施翠峰、鍾肇政等	文學界	五集	一九八三年一月
4.空襲下的臺灣——讀文心的《泥路》	黃娟	《先人之血・土地之花》	前衛出版社	一九八九年八月

註：

1.〈千歲檜〉評論，原登錄在第九次《文友通訊》中，時間是一九五七年十一月十三日。有關《文友通訊》的詳情，請參閱《文學界》第五集。

文心生平寫作年表

洪米貞　整理

一九三〇年　1歲　二月十一日出生於嘉義市。

一九四六年　17歲　嘉義農校初中部畢業。

一九四九年　20歲　臺灣省立嘉義高級農校第一屆森林科畢業。

一九五〇年　21歲　服務於臺北林業試驗所森林化學系。是年，跌傷右脚踝，傷勢惡化，遭逢人生一大轉捩，開始灰色的病榻生涯。

一九五一年　22歲　南返家鄉療養。因對文藝的強烈熱情使然，背著家人與寫作結緣。

一九五二年　23歲　六月，散文〈成敗的邊緣〉；七月，〈偉大的人生〉，相繼於《國語日報》發表，自此，邁入文藝創作之路。

一九五三年　24歲　十月，參加中華文藝函校第一屆小說班，花一年工夫讀完小說課程，並廣泛閱讀各種書籍。

發表散文〈過去〉、〈寒夜〉、〈淚〉和新詩〈趕路者〉於《聯合報》副刊。

一九五四年　25歲　發表散文〈馬場先生〉、小說〈媽媽的雨鞋〉於《中央日報》副刊。

是年十一月十七日，足疾竟奇蹟似地復原，結束一場惡夢。

一九五五年　26歲　元旦，〈吾師〉一文獲《自由談》雜誌社徵文比賽入選。同年，小說〈命運的征服〉獲《中央日報》青年節徵文社會組第一名。

一九五六年　27歲　發表兒童詩〈高叔叔〉、〈小橋〉等篇於《新生報》「兒童之頁」版。

小說〈諸羅城之戀〉獲中華文藝獎金委員會創作獎金，發表於《文藝創作》月刊。

一九五七年　28歲　小說〈古書店〉獲《新生報》五四小說徵文佳作獎，發表於《新生報》副刊；並發表散文〈從日文到國文〉於《中央日報》副刊。

四月，服務於省合作金庫新竹支庫。發表小說〈范家大小姐〉、評論〈關於臺灣方言文學〉於《中央日報》副刊；發表〈頭前溪的船夫〉、〈最後的聚餐〉、〈牧羊女與我〉於《新生報》副刊；中篇小說〈千歲檜〉於《聯合報》副刊連載。

一九五八年　29歲　小說〈生死戀〉獲《自由談》雜誌四十七年元旦徵文比賽第一名。小說〈英文教師〉、散文〈瘋女與星星〉、〈雨訊〉、〈情感的書〉、〈風曲〉等篇發表於《聯合報》副刊。

六月，小說集《千歲檜》由嘉義蘭記書局出版。

十二月，獲臺北西區扶輪社第四屆文學獎。

一九五九年　30歲　北調臺北總庫服務。

發表小說〈海祭〉於《新生報》「星期小說」版；〈棄嬰記〉於《聯合報》副刊；〈土地公的石像〉發表於《文星》雜誌。

一九六〇年　31歲　自傳小說〈命運的起點〉獲《自由談》雜誌社四十九年元旦徵文比賽第三名，並發表於該刊第十一卷第三期。

發表小說〈花姑〉於《聯合報》副刊。

一九六一年　32歲　三月，與莊四美女士結婚。
小說〈年輕的叛徒〉發表於《聯合報》「現代知識」周刊；〈麗夢姑娘〉發表於《民間知識》雜誌。

一九六二年　33歲　小說〈祖父的故事〉獲香港《亞洲畫報》徵文比賽入選佳作。
散文〈舟子的歌〉、〈七月的歌〉、〈鉛桶‧水‧沙漠〉，小說〈只能敲一次〉、〈我的悲劇性的存在〉、〈花瓶與櫃臺〉發表於《聯合報》副刊。
九月，小說集《生死戀》由臺北東方出版社出版。

一九六三年　34歲　散文〈誕生〉、〈撈屍船〉發表於《聯合報》副刊。小說〈海祭〉（日文譯名海の祭り）被譯成日文發表於《今日の中國》雜誌第一卷第一期創刊號；〈生死戀〉（英譯名爲The Black One）發表於《Free China Review》第十三卷第十期。
臺灣電視開播不久，即應邀參與編劇。七月，開始編撰電視劇本，〈白鹿星〉、〈棄嬰記〉、〈菜根香〉、〈桂花與阿港〉等劇，均在臺視播映。
九月，應邀參加中央電影公司——〈蚵女〉製片會議。

一九六四年　35歲　電視劇〈開拓者〉、〈男子漢〉、〈羅紗意濃〉在臺視播映；七月，撰寫〈福哥流浪記〉劇集在臺視播映，開創我國電視劇集之先聲。
小說〈古書店〉（日文譯名爲古本屋）被譯成日文發表於《今日の中國》第二卷第十期。

一九六五年　36歲　小說〈最後的聚餐〉（英譯名爲It's Mother Who Pays）被譯成英文在《Free China Review》第十五卷第四期；〈海祭〉（日文譯名爲海のエレシイ）第二度被譯成日文在《東京商工興信所報》發表。電視劇〈兩老頭〉、〈萬劫洞〉、〈西北雨〉在臺視播映。長

一九六六年　37歲　篇小說〈泥路〉自十一月七日起於《新生報》副刊連載。
電視劇〈吳沙墾田記〉、〈無人愛仔〉在臺視播映。
小說〈花姑〉（日文譯名同）、〈棄嬰記〉（日文譯名爲捨ヘ子）、〈千歲檜〉（日文譯名爲阿里山の森）被譯成日文，分別發表於《東京商工興信所報》、《今日中國》第四卷第五期和《現代評論》雜誌第三四～四一期。
十一月，廣播劇本〈血戰他里霧〉獲教育部劇本獎金。

一九六七年　38歲　小說〈獸檻〉、〈怒張的太陽〉發表於《純文學》雜誌。
電視劇〈三對佳偶〉、〈贏賭記〉、〈回巢記〉在臺視播映。

一九六八年　39歲　六月，小說〈海祭〉由中央電影公司改編爲國語彩色寬銀幕電影〈珊瑚〉上演。
十一月，應聘爲臺視基本編劇。
是年，出版電視劇選集（一）《三對佳偶》、電視劇選集（二）《吳沙墾田記》，由臺北東方出版社印行；散文、小說選集《我行我歌》亦由東方出版社出版；以及長篇小說集《泥路》由臺北商務印書館出版。

一九六九年　40歲　電視劇〈買鞋記〉、〈三代之間〉、〈朝露人生〉（生命線劇集第一集）在臺視播映。

一九七〇年　41歲　參加臺視公司電視小說五人編劇小組（其他成員爲丁衣、朱白水、趙琦彬、饒曉明），編撰〈風蕭蕭〉、〈星河〉、〈碧雲秋夢〉等劇在臺視播映。

一九七一年　42歲　電視連續劇〈金十字架〉、〈金瓜石〉在臺視播出，並撰寫〈金瓜石〉主題曲歌詞。

一九七二年　43歲　電視連續劇〈香蕉園〉、〈白玉馬〉、〈一府二鹿三艋舺〉在臺視播映。小說〈祖父的故事〉被選刊於《中國現代文學大系小說輯》》中。

一九七三年　44歲　電視劇集〈長尾巴的人〉共十三集（國內未播映）。

一九七四年　45歲　取材羅福星抗日事蹟之電視劇〈忠昭日月〉（共三集）在中國電視公司播映。

一九七五年　46歲　參加電視連續劇〈傻女婿〉編劇工作（前後共編撰四十六集）。電視單元劇〈心牆〉在中視播映。

一九七六年　47歲　電視連續劇〈姻緣路〉、單元劇〈怪屋疑案〉、〈衆望所歸〉在臺視播映。

一九七七年　48歲　電視連續劇〈少女日記〉在臺視播映。

一九七八年　49歲　電視連續劇〈愛的日記〉在中視播映；〈巧媳婦〉、單元劇〈走馬燈〉、〈一雙鞋〉在臺視播映。

一九七九年　50歲　二月，小說〈生死戀〉被選刊登於天視出版事業有限公司出版之《當代中國新文學大系小說輯》。

臺灣民歌劇集〈河邊春夢〉在臺視播映。

一九八一年　52歲　編譯《宇宙的時代》（原名Cosmos）全套四冊，包括1.外太空之旅；2.行星與彗星；3.人類與宇宙；4.遨遊無際的宇宙；由光復書局出版。

一九八二年　53歲　論述〈創作的奧秘〉發表於《臺灣時報》副刊。

一九八四年　55歲　電視連續劇〈天涯女兒心〉在中視播映。

一九八六年　57歲　重拾文筆回到小說的寫作行列。

一九八七年　58歲　二月十三日凌晨因突發性心臟病病逝於臺安醫院，享年只五十八歲。

國家圖書館出版品預行編目資料

文心集／文心作
初版．台北市：前衛，1991［民80］
264面；15×21公分．一（台灣作家全集，短篇小說卷，戰後第一代：11）

ISBN 978-957-9512-86-2（精裝）

857.63 81004078

台灣作家全集·短篇小說卷／戰後第一代⑪

文心集

著　者　文心
編　者　彭瑞金
出版者　前衛出版社
11261台北市北投區立功街79巷9號1樓
Tel: 02-28978119　Fax: 02-28930462
郵政劃撥：05625551
E-mail:a4791@ms15.hinet.net
http://www.avanguard.com.tw
出版總監　林文欽
法律顧問　南國春秋法律事務所林峰正律師
出版日期　1991年07月初版第一刷
2007年11月初版第六刷
總經銷　紅螞蟻圖書公司
台北市內湖舊宗路二段121巷28號4樓
Tel: 02-27953656　Fax: 02-27954100

Printed in Taiwan ISBN 978-957-9512-86-2
定　價　新台幣260元